QUERIDO RAMÓN

RAMONA MANEIRO

QUERIDO RAMÓN

UN TESTIMONIO DE AMOR

Con la colaboración de Xabier R. Blanco

temas'de hoy.

Fotografías de interior: álbum personal de Ramona Maneiro

Paseo de Recoletos, 4. 28001 Madrid
www.temasdehoy.es
Primera edición: mayo de 2005
ISBN: 84-8460-442-X
Depósito legal: M. 17.514-2005
Compuesto en J.A. Diseño Editorial, S.L.
Impreso en Artes Gráficas Huertas, S.A.

Printed in Spain-Impreso en España

ÍNDICE

A Ramón, que todas las noches
me guiña un ojo desde la estrella que parpadea.

AGRADECIMIENTOS DE RAMONA MANEIRO

A mis padres, porque me dieron la vida.

A mis hijos, porque completaron la mía.

A mis hermanos, a sus parejas y a toda la familia, porque nunca han permitido que me sintiese sola.

A Rosa, porque me presentó a Ramón.

A los amigos, porque sin ellos todo tendría menos sentido.

A todos los que creyeron en mí. Catorce mil firmas no se olvidan, como tampoco las llamadas y las cartas de apoyo.

A Carlos Rodríguez y a Virgilio, por sus ganas de vivir.

A Florencio Martínez Aguinagalde, por su sinceridad.

A Nacho Abad y a su familia.

A mis compañeras de La Onza de Oro.

Al restaurante Don Paquito (Boiro).

A mis amigas de tertulia en O Capilla.

A Manolo, mi actual pareja, porque completó el vacío que dejó Ramón.

Y a Ramón Sampedro, que continúa a mi lado.

AGRADECIMIENTOS
DE XABIER R. BLANCO

A Jesús Rodríguez Arjomil, que ya no está.

A Generosa Blanco Rama, que está más sola.

A Julián Rodríguez y Manuel V. Sola, porque se lo debo.

A Gaspar Rosety, por un magnífico centro.

A Belén L. Celada, por su olfato.

A Alberte Murado, por su tiempo.

A *Mimina,* porque nunca falla.

A Fernanda, porque me dijo sí.

A Sabela, que me ha demostrado que 1+1=3.

A Moncha, porque ama y respeta.

Y, sobre todo, a Ramón Sampedro. Ya hablaremos.

Capítulo I

BUEN VIAJE

El final es el principio. Ramón también lo hubiese querido así. Mi nombre es Ramona Maneiro. Me conocerán porque ayudé a morir al tetrapléjico Ramón Sampedro. Espero que Ramón, esté donde esté, me guíe en este relato. Es mío y es suyo: es el hijo que no pudimos tener.

Lo hice por amor. Pero ya llegará el momento de dar explicaciones y de exponer razones. Voy a comenzar por contarles su último viaje, un pasaje que dejó grabado y entregó al mundo con la intención de que sus «veintinueve años, cuatro meses y algunos días de vida en el infierno» y su lucha por la legalización de la eutanasia sensibilizara las conciencias de políticos y jueces, de «las personas que piensan que vivir es una obligación, no un derecho».

—Me quiero marchar esta noche, Osiña —me dijo sobre las siete de la tarde del domingo 11 de enero de 1998. Mariposa, Osa, Osiña. Era como acostumbraba a llamarme de forma cariñosa.

Sus palabras no me cogieron por sorpresa. Ya se las había escuchado otras veces. No sé si lo hacía para comprobar si de verdad estaba decidida a ayudarle o si lo hacía para ver qué cara le ponía. Lo cierto es que me lo esperaba. Una tristeza profunda había emborronado su sonrisa desde hacía unos días. Ya había planeado partir en Nochebuena, pero aplazó el viaje para no fastidiarle las fiestas a la familia. Siempre pensaba en los demás. El día de Navidad había comido en su casa de Xuño. Tuvo el presentimiento de que la situación podría mejorar y me comentó que iba a esperar. Le creí porque despedimos el 97 con una fiesta fantástica e incluso el 5 de enero celebramos su cumpleaños, aunque detestaba las celebraciones. Pero con el nuevo año empezó a repetirme: «Osiña, me dan ganas de marcharme esta noche». Yo notaba que había hablado con alguien y que los problemas con la familia no mejoraban. «Cuando quieras», le respondía sin pedir explicaciones. Cuando se lo escuché el domingo, me di cuenta de que estaba decidido.

A las tres de la tarde de aquel 11 de enero llegué a su piso de Boiro. Su familia, excepto su cuñada, había ido a visitarlo el fin de semana. Fue su manera de decirles hasta luego sin que ellos lo supiesen, aunque a Ramón le entristeció no haberse despedido de una mujer que lo cuidó con abnegación durante casi treinta años. Hacía unos tres meses que vivía de alquiler en Boiro y unos pocos días que dormía solo. Ramón apremiaba a mi hermana Lupe y a su pareja, las personas que contrató para que lo cuidasen, para que alquilasen un piso. Tardaron en hacerlo porque a Lupe le daba pena dejarlo solo por las noches. Y a él esta situación lo consumía, porque se acercaba el momento que había señalado para tomar su camino y ellos seguían allí instalados. No quería que se viesen implicados. Incluso sopesó la opción de contárselo a mi hermana, pero al final me dijo entre risas: «Le voy a hacer una faena a Lupe. No se lo voy a contar y cuando llegue por la mañana, se va a llevar un susto de muerte». Se lo llevó. No sabíamos que estaba embarazada y aún hoy me pregunto cómo no perdió a la criatura por la tristeza.

Antes de comunicarme la noticia, Ramón y yo pasamos una tarde de cafés, pitillos y charla. Los dos solos, sin que sucediese nada anormal, sin pistas que me permitiesen descifrar que era el día elegido, aunque un revoloteo de mariposas en el estómago me sugería que se acercaba la fecha. Después de confiarme su decisión me preguntó varias veces por mi firmeza para prestarle mis manos. También me preguntó si quería que me acompañase algún amigo y si tenía miedo. Estaba decidida y no tenía miedo.

A partir de las siete de la tarde —minuto arriba, minuto abajo— ordenó unos escritos con esmero, preparó la carta que dejó en el atril para los jueces, la misma que leyó antes de beber el cianuro de potasio, y seguimos charlando, tomando café, fumando unos pitillos. Como un día cualquiera.

Cianuro de potasio. Hasta ese día nunca había escuchado el nombre de este veneno. Ni siquiera cuando me encargó en su casa de Xuño que le llevase «ese bote de especias» a una farmacia de Riveira para analizarlo. Le pregunté si tenía que esperar por algún resultado, pero me dijo que no, que sólo lo entregase a una persona con la que ya había hablado. Un día el bote de especias volvió a aparecer entre las medicinas. ¿Quién se lo consiguió? No lo sé. ¿Quién fue a recogerlo a la farmacia? Tampoco.

Ramón era un hombre sorprendente. Te pedía pequeños favores cuya finalidad sólo conseguías comprender con el paso del tiempo. Un día me encargó una regla de sesenta centímetros, tres cordelitos y dos Petitsuisse. Me indicó dónde tenía que hacer los agujeros y la manera de atar todo. El invento quedó abandonado en la cocina hasta que sirvió para pesar el cianuro de potasio. La artesanal balanza pasó desapercibida hasta para la Policía Judicial. Supongo que creyeron que era un juguete de mi hijo o de mi nieto.

En otra ocasión me pidió que le comprase una chapa de coche en un taller. Me preguntó si sabía dónde había alguno y me sentí ofendida, porque una es *analfaburra,* pero tiene desparpajo para moverse por el mundo. «Lo busco», le contesté, aunque reclamé su ayuda para encontrar una excusa por si era interrogada por el destino de la chapa: «Al del taller no le importa. Tú se la pagas y listo. Dile que se la pidieron a la niña para la clase de manualidades». Fui a cumplir con el mandado y, efectivamente, el hombre que me atendió se interesó con gesto desconfiado por el uso de la chapa. Ya se sabe que en pueblo chico, infierno grande. Le di la excusa convenida y me la llevé. El camino de regreso lo pasé examinando el trozo de metal oxidado sin ser capaz de imaginar la utilidad que le iba a dar Ramón. Pero era demasiado pequeño. Tuve que regresar al taller con las medidas apuntadas hasta conseguir un trozo del tamaño que necesitaba. Froté la chapa oxidada hasta que le saqué brillo y la dejé en una estantería. A Ramón le encantaba que yo no fuese preguntona. «Cuanto menos sepas, menos tendrás que contar en el futuro», me dijo un día en Xuño. A veces incluso me animaba a hacerle preguntas. «No sé qué preguntarte, no soy periodista», le contestaba. No me salía. Sólo me interesaba seguir el hilo de la conversación, pero sin deshacer el ovillo. Me picaba, pero le entusiasmaba esa personiña que hacía los recados sin pedir recibos ni justificantes.

La chapa pasó a ser un objeto más del piso. Un día aparecía debajo de la cama, una tarde en la cocina... Supongo que los niños la utilizaban para jugar. No me di cuenta de su función hasta que, al pasar un tiempo, él y una amiga me dijeron que tenían una sorpresa para mí. «¿Cuál?», pregunté mientras tomábamos un café. Los dos se reían. Yo me esforzaba por encontrar un detalle, por mínimo que fuese, que me permitiese descubrir en Ramón algún cambio. Lo observé con detenimiento hasta que me rendí, incapaz de detectar la sorpresa.

—¿De verdad no ves nada? —me preguntó la amiga. Las carcajadas de los dos aumentaban con la misma intensidad que mi interés.

—Nada.

—¿Y no te has fijado en que Ramón ha hecho algo novedoso? —insistió.

—Pues no.

—¿No te has dado cuenta de que es la primera vez en treinta años que Ramón toma el café sin ayuda? —me preguntó mientras señalaba hacia la cama. Allí estaba la chapa que yo había ido a comprar al taller, doblada en los dos extremos para poder asirla a la almohada y para poder apoyar un vaso como si fuese una bandeja. Tan brillante como un espejo, como la idea que había tenido Ramón para poder tomar café sin ayuda. También cianuro el día que quisiera. Brillante como Ramón.

Los objetos aparecían y desaparecían. A nadie le extrañaba. Nadie hacía preguntas. Todos confiábamos en Ramón. Días antes me habían encargado hacerle un montón de fotocopias de un escrito y comprarle sobres. No lo leí, porque no me incumbía. Más tarde supe que era la carta que había entregado en mano a los amigos, exculpándonos a todos. «Cuanto menos sepas, menos tendrás que contar.» Así era Ramón.

Estábamos en la última tarde. Aquella última tarde de enero del 98. A las diez de la noche esperábamos a Inés, mi segunda hija, que había ido a una discoteca a unas decenas de metros del piso. Pero se retrasó. Yo me asomaba a la ventana y me tiraba de los pelos, pues Ramón me había dicho que después de sacar el billete vendría alguien a recoger unas cosas y la impuntualidad de Inés podía trastocar el plan trazado por Ramón. Esa persona no apareció y nunca supe su identidad. En realidad, no sabíamos unos de los otros ni el papel que Ramón nos había adjudicado a cada uno. Aunque puedo imaginar quiénes fueron los miembros de la trama y sé que algunos lo confesaron recientemente a los medios, no voy a ser yo la que sucumba a la tentación de señalar ni la que hable por conjeturas. Sé lo mío y que cada uno cuente lo suyo.

Ramón no quiso cenar. Estaba impaciente, con muchas ganas de marcharse. No puedo explicar por qué, pero también lo notaba feliz. Entretuvimos la espera con arrumacos. Estaba preocupado por si me implicaban, pero le tranquilizaba mi serenidad. Me animaba o se animaba con explicaciones, hacía hincapié en que nadie se iba a meter conmigo y pronosticaba lo que iba a suceder después. Lo dejó todo bien atado, pero no aventuró el revuelo que se iba a levantar justo al día siguiente.

Minutos antes de las doce sonó el timbre. Era Inés. Ramón le preguntó por el retraso y ella contestó con las evasivas propias de la adolescencia. Nos despedimos como un día normal y al llegar a mi casa, me metí en la cama con Richi, mi hijo pequeño, quien durmió en mi habitación hasta que Yoli, mi hija mayor, se independizó. Ramón y yo habíamos convenido que regresaría cuando mi gente estuviese arropada por el manto de la noche, cuando creyese que nadie me echaría en falta por unas horas para no obligarlos a confesar o a callar que había salido o que había saltado de la cama a una hora determinada.

Un poco antes de las dos de la mañana me levanté sin hacer el más mínimo ruido. Escuchaba sólo los latidos de mi corazón acelerado y el movimiento de mis vértebras. Me puse un vestido entallado de terciopelo rojo que no había podido estrenar una Nochebuena cuando estaba con el padre de mi hijo pequeño. A Ramón le había contado la historia y me pidió que lo estrenase para él. No lo volví a usar.

No ahorré precauciones, pero quiso la mala suerte que al salir de casa me topase con una vecina y su pareja. Supongo que se preguntarían adónde iba a esas horas de la madrugada, porque nunca salía de fiesta. En ese momento no le concedí demasiada importancia a un encuentro tan inoportuno, pero en los días siguientes no pude ahuyentarlo de mis pensamientos. Era consciente de que alguien me había visto y podía contarlo. Nunca lo hicieron.

Aparqué el coche a una manzana del piso de Ramón, como previamente me había indicado. Ya me habían visto, pero igualmente le hice caso. Sabía que se iba a marchar y que era para siempre, pero no estaba disgustada ni triste, a pesar de que se acercaba el momento. «Osiña, mucha gente se marcha y a lo mejor no se vuelven a ver, como los que emigran a América», me había repetido tantas veces.

Al entrar en el piso lo encontré tranquilo. Me habló muy bajito. Lo primero que me dijo fue que estaba muy guapa con mi vestido de terciopelo rojo. No iba maquillada. Me pidió que corriese las cortinas y que sólo dejase encendida la luz de la cocina para que desde la calle nadie sintiese la tentación de fijar su mirada en una ventana con luz. Ramón dormía en el salón y éste se comunicaba con la cocina. Había elegido esta estancia en vez de instalarse en la habitación de matrimonio, que también disfrutaba de un excelente mirador sobre la ría de Arousa, para estar en permanente contacto con la gente que iba a visitarlo. Me mandó que me pusiese unos guantes de látex, pese a que por todas partes había huellas de mi gente. Insistió en que me los pusiese para que las mías no quedasen marcadas en el vaso. Le parecía injusto que yo pudiese ir a la cárcel. A mí no me importaba contarlo todo al día siguiente ni tampoco acabar entre rejas por ayudarlo. Ramón me dijo que era una decisión que tenía que tomar yo, que tenía libertad para hacer lo que creyese conveniente, pero que el sentido común y la prudencia aconsejaban esperar un tiempo para que Richi no se quedase sin madre. Era su gran preocupación. Tenía prisa por marcharse él y por que yo me fuera de allí.

Primero me pidió que cogiese el cianuro de potasio que se camuflaba entre las medicinas en un bote de especias, como ya he contado. Luego, que recuperase la balanza artesanal fabricada con la regla de sesenta centímetros y los dos Petitsuisse. En ese momento me di cuenta de la utilidad del invento. Seguía sus indicaciones al pie de la letra. Era sus piernas y sus manos. De vez en cuando me preguntaba si estaba tranquila. Yo le contestaba que sí, que no se preocupase por mí, que haría lo que él me pidiese. Me mandó pesar una aspirina y una cucharada de cianuro de potasio. Cianuro de potasio. A mí me parecía sal. Mientras me afanaba en cumplir sus indicaciones, hizo unas cuantas llamadas de despedida. Yo estaba absorta en lo que hacía. No quería que mi impericia pudiese estropear un plan cocinado a fuego lento durante muchos años. Nunca había fisgoneado en sus conversaciones, aunque en muchas ocasiones me pedía que me pusiese al teléfono con sus amigos. No recuerdo, porque tampoco presté atención, a cuántas personas llamó. Sí pude escuchar que hablaba con Vilma, una amiga brasileña que residía en Grecia. Mantenían una relación estrecha. Supongo que era una de las muchas enamoradas de Ramón. Después se supo que Vilma telefoneó inmediatamente al hermano para alertarle de que Ramón se iba esa misma noche. Dormía a veinticinco kilómetros contados, pero no se movió de su casa.[1]

Una vez pesado el cianuro, le pregunté qué hacía con él. Deposité la cantidad señalada en medio vaso de agua. Puse una pajita y se lo acerqué a la bandeja. Alguien había quedado en que pasaría por el piso para llevarse el bote que estaba casi lleno de veneno. Esa

---

1. Extracto del reportaje «La segunda muerte de Ramón Sampedro. La confesión de Ramona Maneiro destapa las heridas abiertas hace siete años por el suicidio asistido del tetrapléjico gallego», de Xosé Hermida, Santiago de Compostela, publicado en *El País*, el 16 de enero de 2005.

«Ramón no pudo cumplir la promesa de que su familia sería la primera en saberlo. A José Sampedro le despertó el teléfono a las tres de la madrugada del 12 de enero de 1998. Era Vilma, una brasileña residente en Grecia, una de esas tantas mujeres llegadas desde cualquier parte que se acercaban a Ramón y ya no se separaban de él. "Acababa de llamarla para decirle que estaba a punto de beber el cianuro", relata José. "Al principio, no quería que nos avisara a nosotros. Luego lo pensó mejor y le dijo: 'Bueno, no les va a dar tiempo de llegar hasta aquí'". Desde un mes antes, Ramón se había instalado en un piso de Boiro, a 25 kilómetros de la aldea de Xuño, en el municipio coruñés de Porto do Son, donde había vivido con su padre, su hermano, su cuñada y sus tres sobrinos desde que en 1968 quedó tetrapléjico por una zambullida fatal en el mar.»

misma persona se haría cargo de la cámara de vídeo y de las cintas, pero, al faltar a la cita, Ramón me indicó que tirase el cianuro por el fregadero de la cocina. Así lo hice. También me indicó que arrojase unas pastillas que seguramente servían para lo mismo por la taza del retrete. Lo deduje porque me pidió que me deshiciese sólo de ésas y la balda de las medicinas estaba llena. Lo hice y tiré de la cadena. El remolino de agua parecía que se las tragaba, pero, desafiantes, acababan volviendo a la superficie. Yo se lo contaba desesperada a Ramón y los dos nos reíamos. Tuve que repetir la operación varias veces hasta conseguirlo. Por último, me pidió que borrase de la memoria del teléfono todos los números. Creo que sólo dejé el de la Cruz Roja.

El momento de su marcha se estaba acercando. Ramón me preguntó si quería salir en el vídeo, aunque me recomendó que no lo hiciese; estaría firmando mi confesión. Sugirió, además, que no estuviese con él durante el trance, que me fuese a dar un paseo y regresase más tarde. Me negué porque quería acompañarlo y no me arrepiento, pese a lo que sucedió. Me sentí mal, pero no lo lamento. Me da pena —entre comillas— que sucediera de esa manera, porque fue una chapuza. No sé quién le aconsejó la forma ni la cantidad. Yo estaba convencida de que se había asesorado bien. Nuestra idea, al menos la mía, era que después de que bebiese el cianuro cerraría los ojos y se quedaría dormido.

Nos despedimos, me volvió a agradecer el haberle prestado mis manos y me dio las últimas indicaciones. Insistió en que, una vez que hubiese sorbido el cianuro, no podía darle un beso en los labios. Además, después de su marcha tenía que pasar la cinta de ocho milímetros, con la confesión para los jueces, a dos cintas VHS en las que aparecía un día en la vida de Ramón. En la televisión sólo han emitido las imágenes en las que bebe el cianuro, pero él pretendía que se viese todo para que la gente supiese lo humillante que resultaba para una persona tan lúcida como él verse en esas circunstancias. La cámara, como tantas cosas, apareció un día en su casa. Comentó que se la había prestado un amigo. No hubo más preguntas. A mí me encantaba la fotografía, pero no tenía ni idea de manejar una cámara de vídeo. Fue Ramón quien me enseñó, como tantas otras cosas. Al principio yo la movía a toda velocidad y cuando veíamos las imágenes que había grabado, nos mareábamos. Me enseñó a utilizar el *zoom*, a pulsar la pausa para cambiar de plano, a moverla con delicadeza. Me parecía increíble que supiese tanto una persona que nunca había tenido una cámara de vídeo entre sus manos.

Lo besé por última vez en los labios. Me acerqué a la cámara que estaba colgada del mueble de la televisión, le di al *play* y me apoyé en la pared. Le susurraba palabras de amor inaudibles, aunque me leía los labios. «Cariño, te quiero», le decía, pero él no me podía contestar. Leyó la carta de denuncia y de exculpación con serenidad. Él quería mostrarse lo más serio posible, pues era su último testimonio de denuncia y protesta porque no le permitían hacerlo como hubiese deseado. No me explico cómo fue capaz de aguantar la risa, porque yo lo miraba y le hacía muecas. Bebió por la pajita y esperó. Ya no había marcha atrás. Nos mirábamos y yo le seguía hablando con susurros. Sólo se dirigió a mí para decirme: «Ya me viene el calor».

Estaba contenta pensando que cerraría los ojos y se dormiría. Hasta luego, Ramón. Pero empezaron las convulsiones. Aguanté un poco mirándolo. Creía que iba a ser cosa de un instante, pero se alargó. No sé cuánto tiempo pasó. Es relativo. Para mí fue muchísimo, pero quizá fueron minutos o segundos. Empecé a sentirme mal. Me agaché y me fui de allí gateando para no ser grabada por la cámara que seguía en funcionamiento. Busqué refugio en el cuarto de baño. Podía haberme ido a la otra habitación, pero acabé en el baño. No soportaba escuchar aquello. No sé si él sufría. Yo sí lo hacía. Me reprochaba lo que estaba sucediendo: «Esto no es lo que yo quería. Esto no, no, no...». Me tapé los oídos. No quería escuchar. Valoré la opción de acercarme a él y abrazarlo, pero no podía porque la cámara seguía grabando y me había prometido no desbaratar su plan sucediese lo que sucediese. No sabía dónde meterme. Era incapaz de moverme, estaba tirada en el suelo del cuarto de baño sollozando. Las convulsiones continuaban y me dolían sus gemidos. Repito que no sé cuánto tiempo pasó. Minutos, supongo, pero se me hicieron eternos. Después, la casa quedó en silencio.

Cuando, con el paso del tiempo, escuché a los especialistas hablar de los efectos del cianuro, me enfadé. Supongo que a él no le habían explicado lo mismo. Al menos, Ramón no me lo había contado así. Si yo lo hubiese sabido... A veces pienso que él era consciente de lo que iba a suceder, porque resultaba imposible manipular a Ramón. Creo que sufrió, pero quizá no sintió nada. No lo sabemos. Nadie ha regresado para contarlo. Me consuela la duda.

Salí del cuarto de baño y me dirigí al salón, donde estaba Ramón. Sólo el motor de la cámara de vídeo se colaba en el silencio. Le di al *stop*. Saqué la cinta de ocho milímetros y cerré las dos de VHS. No necesité mucho tiempo. Ramón estaba inmóvil a mi lado. Guardé la cámara y las tres cintas en una bolsa. Comprobé que todo quedaba como me había pedido. Y, como me había ordenado, no toqué nada. Me agaché y le di un beso en la mano derecha. En el quicio de la puerta me di la vuelta. Lo miré por última vez. «Buen viaje, cariño», le dije. Cogí las llaves y cerré la puerta. Me fui. Ramón también se había marchado.

Capítulo II

EL HECHIZO

El amor es el único sentimiento ingobernable. Te atrapa como me atrapó Ramón. Desde la primera vez que lo vi. La palabra *eutanasia* tuvo la culpa. Estaba realizando las tareas de la casa y al escucharla, saltó un resorte que me hizo mirar hacia la televisión. Esperaba encontrarme a la actriz Azucena Hernández. La seguía desde su época como secretaria en el concurso *Un, dos, tres*. Su historia me había sobrecogido. Un accidente de tráfico la había sentado en una silla de ruedas, además de destruir su prometedora carrera de actriz. La recordarán por su papel en *La estanquera de Vallecas*.

Por Azucena Hernández me había sensibilizado con la eutanasia. Y esa palabra me condujo hasta los ojos llenos de mar de Ramón Sampedro. Lo escuché con interés y me sedujo por su facilidad de palabra, por su hablar pausado, por su mirada serena. Me fijé en los rótulos y vi Xuño (Porto do Son). La sorpresa fue mayúscula. Había un tetrapléjico que defendía un discurso similar al de Azucena a unos veinticinco kilómetros de mi casa. Me dije, aunque más acertado sería decir me impuse, que tenía que conocerlo.

Situémonos primero en el mapa. Nos encontramos en la península del Barbanza, en la provincia de A Coruña, en la ría de Arousa, en un lugar donde el mar ama a la tierra hasta llegar manso a la arena.

Yo trabajaba por aquel entonces en La Onza de Oro, una fábrica de conservas, y por las tardes presentaba un programa de música en Radio Rianxo, una emisora local. Una oyente, que era de Riveira, un pueblo cercano a la aldea de Ramón, acostumbraba a llamar todas las semanas para pedir canciones y charlar un ratillo. Cuando se me presentó la oportunidad, le pregunté a micrófono cerrado si conocía al tetrapléjico que había salido en televisión. Recordaba el accidente, pero con los años le había perdido la pista a Ramón. Me prometió que intentaría conseguir su dirección. Ya estaba más cerca.

A los pocos días me llamó con buenas noticias. Lo había encontrado y había hablado con él. Le había contado que la locutora de Radio Rianxo estaba deseando conocerle. Mi alegría fue enorme, pero los hijos, el trabajo en la conservera y la radio no me permitían tomarme un respiro para desplazarme hasta Xuño, ya que también tenía programa los fines de semana. Estábamos tan cerca geográficamente y tan lejos por las circunstancias...

Hasta tres veces me vi obligada a anular la cita. Rosa lo llamaba para disculparme y luego venía con el parte: «Está impaciente, porque yo le hablo de ti y no vas a verlo». Los detalles que daba Rosa me sonrojaban y avivaban las ganas de conocerle. Sobre todo, cuando me contaba que Ramón se desesperaba porque no era capaz de sintonizar Radio Rianxo para escuchar a la locutora que quería conocerlo. Ordenó cambiar la radio de sitio y mover la antena, pero nunca consiguió escuchar mi programa.

Yo me tenía que contentar con verlo en televisión de vez en cuando.

Tardamos aproximadamente un año en conocernos desde la primera llamada de Rosa. Fue posible cuando dejé la radio. Un año alcanza para hacer muchas cosas. Sobre todo, para olvidar a alguien. Y más cuando no lo conoces en persona, pero el recuerdo de Ramón se quedó agarrado como la arena de la playa a la piel.

Al fin, y después de desearlo con todas mis fuerzas, llegó el día que los dos —sobre todo yo— tanto habíamos soñado. Rosa anunció la visita y esta vez no se produjo una llamada anulando la cita.

Era viernes, el día que Ramón se duchaba. Un acto que para cualquier persona es revitalizador y tonificante a él lo dejaba agotado. Los viernes no solía recibir visitas, pero hizo una excepción.

Camino de Xuño, yo era un manojo de nervios, las mariposas revoloteaban en mi estómago sin cesar.

—No voy a poder hablarle, no creo que pueda. Rosiña, habla tú, que ya lo conoces y además es un hombre de tu edad.

—Pero si está deseando conocerte —respondió, sin poder contener la carcajada por mis nervios.

Nos costó más de una hora encontrar la casa. Creíamos que estaba cerca del mar por lo que habíamos visto en televisión, y en realidad estaba incrustada en la montaña. Parecíamos dos excursionistas novatas extraviadas. Y lo peor es que nos habíamos perdido a una treintena de kilómetros de casa. La situación nos provocaba continuos ataques de risa. Pero como preguntando se llega a Roma, preguntando también llegamos a Ramón. Encontramos el camino correcto tras una docena de consultas y de varias indicaciones erróneas.

«No tiene pérdida, seguid por este camino y vais a dar a su casa», nos señalaron varias veces. A los cien metros, el camino se bifurcaba. Y en el cara o cruz elegíamos la opción equivocada. No era suficiente con haber esperado un año, parecía que el destino quería jugarnos una mala pasada.

Llegamos, pero sobre las seis de la tarde. Nos recibió Manuela, la cuñada. Pedimos disculpas por el retraso, subimos al segundo piso y lo vi por primera vez en persona. Ramón estaba de espaldas. Me las ingenié para que primero entrase Rosa. Yo me quedé con Manuela en el quicio de la puerta. Se saludaron. A continuación escuché unas palabras que me colmaron de felicidad.

—¿Y Monchiña? ¿Dónde está?

—Estoy aquí —le dije a sus espaldas. Rodeé la cama, Rosa se apartó disimuladamente y me obligó a sentarme a su lado. Nos saludamos. Los dos sonreíamos, pero no fui capaz de besarle ni de darle la mano.

Me encantó su buen humor. Sólo lo conocía de la televisión y temía que lo hubiese idealizado. Lo lógico sería que un hombre que pasaba los minutos, las horas y los días peleando por que le permitiesen morir acabase siendo un gruñón. Todo lo contrario. Ramón desprendía vida, luz, paz. Pasamos con él la poca tarde que quedaba. Tomamos varios cafés, nos hicimos unas fotografías, fumamos unos pitillos y, sobre todo, nos reímos mucho.

Ramón me preguntó por qué había ido a visitarlo. Le comenté que seguía la historia de Azucena Hernández, que lo había visto por televisión, y que me había gustado mucho. Él decía estar en el infierno, yo, en el cielo por hablar con él.

Aproveché una ocasión en la que no me miraba para examinar sus brazos sin vida, como descolgados, cada uno a la buena de Dios, como dos ojos extraviados. No le correspondían a un rostro tan dulce. También me impresionó el vello de los brazos. Todo el pelo que le faltaba en la cabeza lo tenía repartido por el cuerpo. Creo recordar que me comporté como una desvergonzada y se lo dije sin malicia. Encajó el comentario con una sonrisa sincera.

Resultó una tarde de charla maravillosa. Y también nos formuló la pregunta que comprometía a todo el que iba a visitarlo por primera vez.

—¿Y vosotras, me ayudaréis a conseguir lo que pretendo?

La pregunta nos cogió con la guardia baja. La mueca que se le escapó a Rosa de la cara me permite hablar por las dos. No le respondimos. Disimuladamente, cambiamos de tema. Tampoco le sermoneamos. Había ido a conocerlo, no a ejercer de samaritana ni a salvarlo. Caía la noche cuando llegó la hora de la despedida. Como en la presentación, no me atreví a tocarlo, a darle la mano y mucho menos a besarlo.

Las dos caminamos hasta el coche en silencio. Rosa fue la que abrió la espita para que saliesen a flote los cotilleos con un comentario que me dejó en una nube.

—¿Te has dado cuenta de que cuando Ramón te vio se le iluminó la cara?

—¡Qué cosas dices, Rosa! —le quité importancia a una sensación que podía estar equivocada.

—De verdad, Moncha, que se le iluminó la cara. Le cambió la expresión —insistió.

No sé si a Ramón le cambió la expresión de la cara, de lo que sí estoy segura es de que a mí me cambió la vida, porque no fui capaz de quitármelo de la cabeza durante todo el fin de semana.

Necesitaba volver a hablar con él. El lunes, en el trabajo, tomé la decisión de buscar su número de teléfono. Me costó. Me faltaba valor y me sobraban ganas. Deseché tomar el camino fácil para conseguir mi propósito. No quería pedírselo a Rosa, porque me esperaba sus comentarios con malicia. Ya se sabe que secreto de tres, secreto no es. Además, si ella lo había conseguido, también podía yo. Fue tan sencillo como consultar la guía de teléfonos.

Al llegar al mediodía a casa superé la vergüenza, me armé de valor y lo llamé. Con el primer tono escuché una voz de hombre.

—¿Sí?

—¿Está Ramón?

—Sí

—¿Ramón?

—Sí

—¿Eres Ramón?

—Sí.

—¿Sabes quién soy? —creo que fue la única vez que le hablé en castellano.

—Claro, la locutora —su respuesta me dejó más muerta que viva, como decía Ramón que se encontraba.

Para disfrazar mis nervios, seguí un dicho al pie de la letra: «El teléfono sirve para acortar distancias, no para alargar conversaciones». Le conté que me había encantado conocerle y le pedí permiso para ir a visitarlo el siguiente fin de semana.

—Puedes venir cuando quieras.

Colgué el teléfono y me quedé paralizada. Otra vez me había quedado atrapada.

Se sucedieron cinco largos días de dulce espera. El sábado, 8 de junio de 1996, me presenté por segunda vez en su casa. Para las fechas soy un desastre, pero ésta la recuerdo porque Ramón la puso al final de la dedicatoria que me escribió en su libro *Cartas desde el infierno*, que había publicado en el mes de marzo. Yo lo había llevado para que me lo dedicase, pero sin querer le chafé la sorpresa, porque él me lo quería regalar.

Había visto en televisión cómo escribía haciendo malabarismos con la boca ayudándose de una caña, pero me quedé atónita cuando escribió en el libro unas palabras hermosísimas que descubrían mi manera de ser. Siempre me he considerado una persona transparente. Sin vueltas. A Ramón le bastó con una visita de médico para llegar a un diagnóstico certero.

A mellor virtude é unha gran paciencia, pois quen máis renuncia máis se volta esencia. Dous versos adicados a un universo en busca de sentido —Moncha Maneiro—. Unha reverencia para unha dignidade que camiña desnuda entre mortos vestidos. Un bico branco para unha amistade que a pesar do cheiro aínda sigue viva. Amiga, recorda, sempre gana o que non esquence; quen menos se enfurece e máis resiste sempre vence.

(La mejor virtud es una gran paciencia, pues quien más renuncia más se vuelve esencia. Dos versos dedicados a un universo en busca de sentido —Moncha Maneiro—. Una reverencia para una dignidad que camina desnuda entre muertos vestidos. Un beso blanco para una amistad que, a pesar del olor, aún sigue viva.

Amiga, recuerda, siempre gana el que no olvida; quien menos se enfurece y más resiste siempre vence.)

La caligrafía de Ramón me dejó atontada. «Escribes mejor tú con la boca que yo con la mano», le dije. Podía pasar horas contemplando sus movimientos, renunciando incluso a pestañear para no perderme uno solo de sus trazos en el papel. No puedo decir que pasamos una tarde irrepetible, porque se sucedieron muchas otras y sería faltar de alguna manera a la verdad. Fue un momento impagable.

Volví el sábado siguiente. Le llevé lilium, más conocidas como azucenas o flor de lis. Me gustaba llevarle flores. Lo hacía siempre que lo visitaba. Una rosa para la mesilla de noche, unas veces roja, otras blanca, otras amarilla; los lilium y alguna variedad rara que me encontraba en la floristería. Los lilium se caracterizan por un olor muy intenso. Se los acerqué a la nariz para que lo comprobase. Pero lo hice con demasiada fuerza y lo manché de amarillo. Me empecé a reír con ganas. Y al intentar corregir la metedura de pata, conseguí emborronársela todavía más. Me dio un ataque de risa. Ramón también sonreía, pero notaba que no sabía la causa de mi hilaridad. Tuve que mancharme yo la nariz para que lo comprobase, porque no era capaz de articular palabra. Es una anécdota sencilla. La cuento para que entiendan que éramos muy felices con cosas sin importancia.

Las tardes tenían prisa por marcharse, o al menos me lo parecía. El tiempo no llegaba a nada y eso que nuestra vida en común no iba más allá de unos cuantos metros cuadrados.

Era verano y en la conservera hacíamos jornada intensiva. Comencé a visitarlo todos los días. En la fábrica fichaba a las ocho de la mañana y salía a las tres de la tarde. Me daba una ducha rápida, preparaba a mis hijos, aunque las niñas iban ya para mujercitas, y salía disparada para Xuño. Luego comencé a llevar a Richi, mi hijo. A Ramón le gustaban los niños y a Richi le encantaban las historias que le contaba ese señor que tenía que sentirse muy cansado, ya que siempre se lo encontraba en la cama. A veces el niño se aburría y Manuela, la cuñada, entretenía a la criatura. Se lo llevaba a la huerta, a descubrir las vacas... Manuela fue una mujer que cuidó a Ramón con esmero. La verdad es que no hay muchas como ella y si las hay, no sé dónde están, me gustaría encontrarlas. Al detenerme en estos detalles, me desconsuela la tristeza por el deterioro progresivo de una relación que comenzó muy bien y acabó hecha añicos como un vaso Duralex. ¿Recuerdan la marca? Estuvo de moda hace unos años. Soportaban mil golpes hasta que un simple rasguño los convertía en mil pedazos. Pero prefiero contárselos más adelante. Temo estropear este momento, porque no encuentro un adjetivo que describa con justicia el primer año que pasé al lado de Ramón. Fue increíble.

Nuestra complicidad fue en aumento. Ramón tenía gran facilidad de palabra y una paciencia infinita para escuchar. Tanta que llegó un punto en que hablábamos más de mi vida, de mis problemas, de mi separación, del futuro incierto en la conservera que del asunto que me había llevado hasta la silla que tenía al lado de la cama. Tomábamos café, fumábamos, charlábamos y charlábamos. Una cosa llevaba a la otra. A Ramón le gustaba el tabaco de batea, como comúnmente eran conocidos los cigarrillos que los contrabandistas introducían en la costa con potentísimas motoras sin que las patrulleras del servicio de vigilancia pudiesen evitarlo.

A la hora que él acostumbraba a cenar, sobre las nueve de la noche, regresaba a mi casa. Pero para nosotros no acababa el hechizo todavía. Le daba la cena a los niños, los acostaba y cuando tenía la casa arreglada, lo llamaba por teléfono, dejaba que sonase un tono y colgaba. Era la señal que le comunicaba que ya estaba en la cama. Podíamos hablar con tranquilidad. A continuación llamaba Ramón y retomábamos la conversación en el punto que la habíamos dejado aparcada.

Ramón era un hombre de mar. Le apasionaba. Yo vivo en A Ribeiriña, una parroquia de la Pobra do Caramiñal, y la ría acaricia los cimientos de la casa. «Vives en el paraíso», me susurraba Ramón. Conocía el sitio por las fotografías que le enseñaba. Desde su ventana se apreciaban unas magníficas puestas de sol. A lo lejos se podía ver, aunque con algo de esfuerzo, una tira de agua que se confundía con el horizonte como la carantoña secreta de dos enamorados, pero Ramón hubiese querido dormir con el mar meciendo su cama como cuando andaba embarcado. A veces me pedía que saliese al balcón para escuchar el quejido del viento al enredarse entre los pinos. Le parecía una melodía muy hermosa. Los dos dormíamos bajo el mismo cielo y en las noches estrelladas me descubría desde el otro lado del teléfono los misterios que esconde el firmamento.

Y para terminar el día, recreábamos la tarde con un juego.

—¿Qué tal ha pasado la tarde? —me preguntaba.

—Fui a ver a mi amado.

—¿Y qué tal le va?

—He pasado con él una tarde estupenda.

—Pues le tengo mucha envidia a su amado. Empiezo a tener celos.

Era muy bonito. Muchas noches me quedaba dormida con el teléfono entre mis brazos, con la voz de Ramón acunando mis primeras cabezadas.

A continuación me tocaba a mí preguntarle por su día.

—Vino a visitarme mi guapa dama. Pero ahora estoy hablando con usted y creo que me gusta más.

—Pues yo también tengo celos de su amada, porque ha pasado con usted toda la tarde.

—No quiero ofenderla, pero mi amada es mucha amada.

Me ruborizo al contar estas cosas. Pero lo cierto es que Ramón me piropeaba mucho.

—Cuando viene mi amada, se ilumina la habitación. Tiene un niño, al que trae de vez en cuando. También tiene dos niñas que ya son unas mujercitas.

Jugábamos a hacernos preguntas sobre nuestros enamorados, sobre nosotros mismos. Era muy bonito y divertido. Puede parecer ridículo, pero nosotros éramos felices. A veces no podía contener la risa por lo que estábamos diciendo y él simulaba que se enfadaba. Ramón no quería parecer una persona acaramelada. Repetía que las palabras de amor se le habían quedado en el fondo del mar, pero era muy cursi. «Tienes una cara muy hermosa, Mariposa», alababa cuando la puesta de sol se reflejaba en mi cara. No se sentía nada romántico y era romantiquísimo.

Después del accidente que lo dejó tetrapléjico a los veinticinco años, decidió darle la espalda al amor. Insistía en que no podía enamorarse y así se lo confesó a varias mujeres en *Cartas desde el infierno*. Pero no lo podía evitar y se sentía mal. Mal y bien. Era una persona muy cariñosa, muy tierna. Un hombre con muchas ganas de vivir y de luchar, pero de luchar por lo que él quería.

Había otras almas caritativas que iban a «salvarlo del infierno», como decía Ramón. En el infierno estaba, o al menos eso sentía. Y no soy nadie para no creerle.

Jamás se me ocurriría algo parecido. Me encantaba pasar con él horas y horas, y fueron casi dos años, todos los días de la semana excepto los domingos, que era el día que prudentemente le dejaba para la gente de su casa y para las visitas familiares, aunque también lo iban a ver otras personas. Intentaba cumplir con la norma que me había impuesto a mí misma también los días festivos.

Ante todo, deseaba ser prudente. Cuando llegaba un amigo para pasar un rato con él intentaba marcharme, pero Ramón no quería, ni siquiera que se lo preguntase. Yo entendía que mi presencia podía resultar incómoda. «Yo quiero que estés aquí, te quiero tener aquí. A mí no me molestas nunca», decía. Y allí me tenía. Lo hacía porque quería y porque lo quería. Y porque quería él y me quería.

Si me quedaba un rato pensativa, me recitaba de memoria un poema de Neruda: «Me gusta cuando callas porque estás como ausente…». Ramón. Siempre escribiendo, leyendo, pensando. Cómo nos había gustado el último libro que le leí: *Juan Salvador Gaviota*. Ramón. Su cabeza estaba tan despierta que costaba tener siempre presente que su cuerpo llevaba años dormido. Lo aprovechaba para darme unos sustos tremendos. Para cortarle las uñas le cogía la mano, la ponía en mi pierna y me concentraba en lo que estaba haciendo. Él me examinaba y cuando menos lo esperaba, notaba un tirón flojo, hecho con el cuello, y oía un «¡ay!». A mí se me escapaba un gritito y me ponía colorada como un tomate. Ramón se desternillaba. No sentía nada.

En cambio, cuando lo peinaba o cuando le masajeaba las sienes con mis manos, me ponía una cariña... «Qué cara de parvo[2] debo de tener», comentaba desde la gloria. «De cara de parvo nada», le contestaba yo.

También hablábamos en serio de nuestra relación. Pensaba que una mujer joven, de 35 años, al lado de un tetrapléjico estaba malbaratando su vida y me preguntaba qué hacía allí con él. No necesitaba nada más. Escucharlo era suficiente. Yo había pasado por experiencias difíciles. No es que estuviese vacunada contra los hombres, de hecho ahora también tengo pareja. Pero él era mi sustento de cada día. Argumentaba que buscaba en él un padre, una mano protectora, el consuelo que no tuve y no sé cuántas majaderías más.

Ramón poseía los conocimientos de un maestro y sabía cómo transmitirlos, aunque conmigo labraba en un erial. Me quiso enseñar a manejar el ordenador, pero

---

2. Tonto.

no fui capaz. Hacia el lado derecho escribía con la boca, del izquierdo con el ordenador, en el centro tenía el mando a distancia de la cadena de música que le había regalado el periodista Jesús Hermida.

Y también era un conquistador. A las mujeres las seducía con la manera de ser. Respondía al perfil de amante que buscamos muchas. Hay una frase muy bonita de Maruja Torres que me parece muy atinada: «Hay vida y amor más allá del sexo». La mayoría piensa que entre un hombre y una mujer, un Ramón y una Ramona, tiene que existir forzosamente algo físico. No veo por qué. Lo que les acabo de contar es la prueba.

Ramón argumentaba que los dos veníamos de otro planeta, porque éramos seres extraños. No fui allí para protegerlo ni para redimirlo ni para intentar sacarle la eutanasia de la cabeza ni por un sentimiento de compasión, como hacían otras mujeres. Yo fui a conocerlo. Surgió el amor y... resultó una historia bonita. También triste. El amor es ingobernable. Gracias, Azucena, por conducirme hasta Ramón.

Capítulo III

LA TRAMPA DE LA VIDA

RAMÓN

Ramón Sampedro Cameán nació el 5 de enero de 1943 en Xuño (Porto do Son), una pequeña aldea al sur de la provincia de A Coruña. Con veintidós años se embarcó como mecánico en un mercante noruego para examinar las costuras del mundo: pisó 49 puertos distintos.

El 23 de agosto de 1968 concluyó su vida de aventurero. Se convirtió en «una cabeza viva y un cuerpo muerto», como dejó escrito. Se lanzó al agua desde una altura de unos cinco metros en la playa de As Furnas, sin darse cuenta de que la marea había dejado casi al descubierto la arena. La zambullida le produjo la fractura de la séptima vértebra cervical: «Se podría decir que soy el espíritu parlante de un muerto».

Un reportaje en el programa *Línea 900* titulado «Morir para vivir» lo convirtió en el abanderado de la lucha a favor de la eutanasia. En 1994 publicó *Cartas desde el infierno*, un desgarrador testimonio de sufrimiento.

Fue el primer español que recurrió a la justicia para exigir que se atendiese su derecho a morir con dignidad. No lo consiguió.

La madrugada del 12 de enero de 1998 sorbió en su piso de Boiro una dosis mortal de cianuro de potasio. Días antes adelantaba el contenido de su epitafio en la revista gallega *Oá!*: «No habéis podido dominarme, no pudisteis mentir en mi nombre».

Ramona

Antes de que hablen de mí, se lo voy a contar yo. No tengo nada que ocultar. Nací el 3 de febrero de 1961 en A Ribeiriña, una aldea de unos 200 vecinos de Pobra do Caramiñal. Tengo tres hijos y un nieto de siete años; pronto me harán abuela por segunda vez. Soy la segunda de siete hermanos. Mi padre era marinero y mi madre, ama de casa, aunque antes había trabajado en una fábrica de conservas. Los hombres, al mar; las mujeres, a la conservera. La historia todavía se repite, porque es la salida que nos queda más a mano. Mi abuelo había sido marinero, yo trabajé en una conservera, mi hija pequeña se dedica a la conserva. El mar nos da la vida, a veces también nos la quita.

Cuando mi padre se iba a una marea de bacalao, permanecía embarcado un año. Regresaba de noche y al despertar, notábamos que había llegado porque toda la casa olía a marinero. Para nosotros era un día de fiesta. Saltábamos de la cama y bajábamos a trompicones las escaleras porque sabíamos que algo siempre nos traía y los juguetes escaseaban. Cada año esperábamos con impaciencia dos días: uno, el 5 de enero en la habitación de los abuelos; el otro, cuando quería la marea. No nos regalaban lo que queríamos, pero cuando tienes poco, cualquier cosa es suficiente. Y nunca pasamos hambre.

Hasta los once años fui feliz. Y eso que mi madre y los abuelos nos hacían trabajar como burros, como suelen hacer los niños de aldea. Arábamos las huertas, ayudábamos a podar las viñas, recogíamos algas en la playa para abonar la tierra, íbamos a buscar leña al monte, plantábamos patatas... Nuestra gran ilusión —hablo también por mis hermanos— era ir al marisco con mi madre. Llenabas un cubo de almejas o de berberechos y lo vendías en la misma playa por cinco duros. Corrías para entregarle el dineral. Y de nuevo, a la faena.

También nos ilusionaba ir a recoger caracoles de noche por las huertas, pero primero teníamos que ganar para una vela. Era afortunado el que conseguía comprar una linterna, porque ya no se preocupaba de que el viento le pudiese apagar la vela. Caminábamos con el saco lleno tres kilómetros hasta Pobra do Caramiñal para vendérselo a dos hermanos por una miseria. Nos estafaban por ser niños, pero volvíamos a casa contentos por las perras que llevábamos para parchear la hucha familiar. Y además estaba la escuela.

Así pasé mi infancia. Feliz hasta los once años. Feliz hasta que un coche atropelló a mi hermano José Benito. Era el que me seguía y sólo tenía nueve años. Sucedió el 3 de diciembre de 1972, domingo. Celebrábamos el bautizo de la hija de un primo. Al salir de la iglesia, las mujeres se fueron a preparar la comida, los hombres, a la taberna. Mi madre mandó a José Benito a por leche a la tienda de la carretera. Lo acompañé con unas primas para comprar golosinas. Caminábamos felices porque estábamos de fiesta. Un coche había tirado propaganda por la ventanilla y José Benito se agachó a coger un papel. En aquellos tiempos casi no había tráfico. Pero apareció un coche, intentó esquivar un bache grande y lo golpeó en la cabeza. Cayó fulminado. Yo llevaba en cada mano una bolsa de pipas sin abrir. Grité: «¡Papá, papá, papá...!». Las dos bolsas estallaron. Una prima recogió a José Benito del suelo. Corrió con él a la taberna. Lo metieron en un coche, pero no llegó a Santiago con vida. En Padrón tuvieron que dar la vuelta.

Fue la ruina de mi padre y de la familia. Yo dormía en la habitación de al lado y no pasaba noche que no lo oyese llorar. Todos llorábamos. Aún hoy no lo ha superado.

La vida siguió. A mí no me gustaba ir a la escuela, pero aprobé los estudios primarios porque me los aprobaron. El maestro vino a buscarme a casa para que hiciese el último examen. Le hice caso, aunque me daba igual, porque llevaba una semana trabajando en la fábrica de conservas. Supongo que en la evaluación pesó bastante más la compasión que mis conocimientos.

Tenía catorce años y lo que quería era trabajar y ganar dinero, como suele suceder en los pueblos entregados al mar. Ves que tus amigas pueden comprarse sus cosas e ir a las discotecas y quieres hacer lo mismo. Con los años intenté que mis hijas estudiasen porque les veía aptitudes. Inés, la pequeña, se daba mucha maña con el ajedrez. Ganó algún campeonato en el colegio, pero otra vez se entrometió la conservera. Los padres queremos lo mejor para los hijos, pero no podemos obligarlos a que hagan lo que tú no pudiste o no quisiste hacer. Lo único que deseo es que sean felices.

En los alrededores de mi casa había dos fábricas de conservas: La Onza de Oro y Friscos. De la primera me habían llegado malas referencias, por lo que me coloqué, al mismo tiempo que una amiga, en la segunda, pese a que estaba un poco más alejada. Al año tuve que dejarla, porque mi amiga se marchó a vivir a África y me daba un poco de miedo regresar sola de noche por un camino sin casas. Acabé en La Onza de Oro a mi pesar.

El trabajo en una conservera es duro y monótono. Yo hice de todo: empacar, descargar camiones de sardinas, mover atunes de 150 kilos de peso, dar servicio... Sabíamos la hora de entrada, pero no la de salida. Fichábamos a las nueve de la mañana y a la una nos íbamos a comer. A hacer la comida, a hacer la colada, a arreglar la casa… A las tres ya estábamos otra vez en el tajo y finalizábamos la jornada cuando se terminaba el trabajo. Unas veces a las doce, otras a las dos o las tres de la madrugada.

El cuerpo te quedaba destrozado, pero acababas la jornada con la mente limpia. Trabajaba en lo que hiciese falta, pero no me gustaba encargarme de una máquina. No quería asumir esa responsabilidad, porque temía cortarme un dedo o provocarle un accidente a una compañera. El peor recuerdo es el frío del invierno. Tardabas horas en sacártelo de los huesos. La recompensa era la camaradería que había entre todos los trabajadores. Sobre todo, cuando comenzaron los problemas al morir el propietario y hacerse su hijo cargo del negocio. ¡Cuántas quejas aguantó Ramón! Al final, dejaron a 225 personas en la calle. Nos sentimos como si nos hubiesen tirado al cubo de la basura, porque muchos llevaban allí media vida —veinte años en mi caso— y no sabían hacer otra cosa ni dónde buscar trabajo.

El día que cumplí dieciocho años me casé. No fui feliz en mi matrimonio, porque tampoco fui al altar enamorada. Fue una manera de rebelarme. Yo quería marcharme de casa, independizarme y, sobre todo, quería tener un hijo. Para mí los *meniños* eran como los muñecos. Era consciente del trabajo que daban porque había criado a mi hermano Manolo, al que llevo once años, pero quería algo mío. El gran problema es que no sabía cómo se conseguía un hijo y cuando en la televisión veía que en alguna parte habían dejado a un niño abandonado, deseaba con todas mis fuerzas que fuese en mi ventana.

Pero los niños hay que hacerlos y yo no tenía ni idea. Todo era tabú en tiempos de vergüenza. Sólo sabía que para tener un hijo había que tener un hombre. En la pandilla había alguna amiga más despabilada, pero no me contaban nada. Al contrario, se reían de mí porque era recatada. Se puede decir que más que novios tuve pretendientes. Mis padres no me dejaban ir a la discoteca, hasta que un día me enfadé y les puse las cosas claras: si podía trabajar y ganar dinero, también podía salir a las verbenas. Consintieron a desgana, aunque con la condición de que a las diez tenía que entrar por la puerta de casa.

Las avispadas de la pandilla se morreaban con los chicos, pero a mí me producían pavor. Mientras me hablaban, la cosa iba bien, pero cuando se querían acercar, salía disparada. Hasta que un día me convencí de que si quería tener un hijo tenía que permitir que me tocaran. Le dejé a un novio que había tenido hacía un tiempo y pasé de la virginidad a estar embarazada en el mismo día. No me arrepiento de haber tenido a mis hijas, sí de no haber disfrutado más de la vida.

Yo no quería casarme. Me hice una prueba a la semana, le comuniqué al padre el resultado y lo invité a que se marchara. Pero no lo hizo. La barriga comenzó a crecer y a los cuatro meses la familia por las dos partes comenzó a presionarnos para que nos casásemos. Él tenía veinticuatro años, yo no había cumplido los dieciocho. Había demasiada ignorancia. A mis hijas jamás les recomendaría que se casasen por un embarazo. El matrimonio tiene que salir del deseo de las dos piezas que forman una pareja, no del miedo al qué dirán.

Nos prepararon la boda y nos casamos el día que cumplí dieciocho años. Menuda farsa. Me presentaron a los padres de mi ex marido días antes del enlace y me vino a buscar a casa para llevarme hasta el altar un hombre que no conocía de nada y que se presentó como el padrino. El banquete lo pasé correteando con mis amigas de un lado para el otro, saltando de mesa en mesa como una niña que acabara de hacer la primera comunión. Ni siquiera elegí el vestido. Mi madre lo hizo por mí. Tenía la impresión de que iba disfrazada. Cada vez que el novio intentaba acercarse a la novia, yo lo despachaba como buenamente podía para que no se sintiese rechazado, pero no lo quería a mi lado. La distancia que había entre los dos quedó fielmente retratada, pues en todas las fotos salimos acompañados.

La luna de miel la pasamos en Santiago de Compostela, llovía y hacía frío y a la mañana siguiente, de mutuo acuerdo, ya estábamos de vuelta en casa. Estuvimos casados once años, pero al tener la primera hija, por mí, ya me separaba. Aguanté por la familia y cuando Yoli cumplió los cuatro años, quise tener el segundo hijo para que la diferencia no fuese demasiado grande.

Lo pasé mal, porque no me casé enamorada. Veía las historias de amor en las películas y cuando se daban un beso, ese beso lo sentía yo. Cuando volvía a la realidad, me daba cuenta de que en mi vida no existían esos momentos. Él trabajaba y yo trabajaba, pero el nuestro no era un matrimonio como el de las películas. No había chispa ni pasión ni llama, nada, y con los años fui despertando hasta que decidí que me tenía que separar. Quería que fuese de mutuo acuerdo, pero cada vez que se lo mencionaba, él se ponía de los nervios. Le propuse que se fuese a trabajar lejos para que pudiésemos echarnos de menos. Él tenía más oportunidades que yo porque era albañil y le habían ofrecido en varias ocasiones trabajo, pero se negó a marcharse.

Sentía que estaba viviendo el matrimonio obligada. Acabé cogiéndole asco al sexo y a él. Pasamos dos años durmiendo en camas separadas; yo tomaba la precaución de cerrar la puerta con llave. Me daba pena por él, no era mala persona, aunque lo estaba siendo porque se empeñaba en no querer ver la realidad. Y en vez de crecer, al menos el cariño menguaba. Amor nunca hubo.

Salía de trabajar y me metía en una iglesia para hartarme de llorar. No quería ir a casa. No sabía qué hacer. Me planteé presentar la demanda de separación y en un par de ocasiones acudí al cuartel de la Guardia Civil de Boiro y de Pobra do Caramiñal para conocer qué protección me podían prestar después de ir al juzgado. También busqué el consejo de un abogado. Tras dar el paso, no quería que mi ex marido siguiese en casa o, al menos, no quería encontrarme con él. Si no se iba él, me iría yo. Pero el abogado me aconsejó que no abandonase el domicilio familiar y aguanté un tiempo.

Estábamos a punto de llegar a las manos. Y cuando eso sucede en una pareja, no hay más vueltas que darle. Puse la demanda de separación y la casa se inundó de problemas. Puedo entender que una persona me quiera mucho, pero si el sentimiento no es compartido, la relación cojea de una pata. Se lo intenté explicar muchas veces, pero se negaba a comprenderlo. Conseguí separarme porque era peleona y luchadora. No podía prolongar más una situación ridícula para mí y para esa persona. Me las tuve que apañar como pude, pero me sentía feliz porque lo había conseguido y mis hijas seguían relacionándose con su padre.

La vida es una paradoja. La amiga que me presentó al abogado que llevó mi demanda de separación también hizo que descubriese el primer beso de amor. Ella trabajaba en el Hospital Xeral de Santiago y allí estaba ingresado un chico que era de la zona, y le habló de mí echándome claveles. Era una mujer muy dicharachera y aunque se encargaba de la limpieza, siempre que podía les daba cháchara a los pacientes. Me quería de verdad. Tenía un hijo pequeño y los fines de semana los pasaba en mi casa. Un día fui a buscarla al hospital e insistió en que subiese a conocer a este chico. Subí y comenzamos a hablar de la zona. Conocía a mi hermano y también al que todavía era mi marido. Pasó el tiempo e hicimos amistad. Lo habían operado de hernia discal y cuando le dieron el alta, fui a verlo con mis hijas. Su madre asó unas castañas y las niñas se fueron con el padre a ver las vacas. La tarde sirvió para apuntalar la amistad. Nada más. Lo digo por los comentarios de los malintencionados.

Pasaron cuatro años. Un día la jefa de la radio me envió a cobrarle la publicidad al chiringuito que tenía en la playa. Fue una pillería por su parte, porque sabía que, como lo conocía, no se atrevería a darme largas. Hacía tiempo que no nos veíamos. Yo atravesaba los peores momentos de mi matrimonio y se convirtió en mi confesor. Cuando regresaba de la radio paraba a tomar algo y él perdía una hora escuchando mi naufragio. Era un buen amigo. Me aconsejaba que no me separase, que siguiese adelante con el matrimonio, argumentando que mi marido era un buen hombre. Yo le daba la razón con la cabeza, pero con el corazón se la quitaba.

Un día nos acercamos demasiado y se nos escapó un beso. Fue el primer beso de amor. Tenía veintinueve años y estaba con los trámites de separación. Él me amenazó con no dirigirme más la palabra si lo hacía, pero a la semana conseguí los papeles y se los fui a enseñar. Huyó, no quiso saber nada.

Ese verano coincidimos unas cuantas veces más, pero en septiembre cerró el chiringuito y estuvimos todo el invierno sin vernos por culpa del destino o de la mala pata. Me llamó a casa, pero como mi hija mayor le colgó el teléfono, no volvió a intentarlo. No se lo reprocho, yo tampoco lo haría. Y no había manera de localizarlo. En su casa no tenía teléfono y tampoco conseguía cazarlo en la oficina, porque trabajaba en una empresa de control de calidad y seguridad recogiendo muestras por las obras. Un día nos encontramos por la calle. Los dos teníamos una boda el fin de semana siguiente y quedamos en que nos veríamos por la noche en un sitio cerca de mi casa, sin darme cuenta de que mi hermano se casaba por la tarde. Fue la peor cena de mi vida. Nadie sabía que estaba comenzando una nueva relación y no encontraba una excusa convincente para ausentarme. Es mi estigma: si voy a una boda, salgo en las fotos con cara de amargada.

Había sacado el billete y corría el riesgo de quedarme en la estación viendo cómo partía el tren del amor. Le conté mi secreto a una cuñada y se ofreció para quedarse con mis hijas. El plan era sencillo: sólo tenía que ir a contarle lo que sucedía al amor que me esperaba, quedar más tarde con él y volver a la cena como si no hubiese pasado nada. Llegué muy tarde a la cita y, como es lógico, ya no estaba. Regresé al banquete todavía más cabreada. Al llegar a casa, dejé a las niñas acostadas y fui a buscarlo al chiringuito, pero tampoco estaba. En todo el invierno no tuvimos noticias el uno del otro.

Como una pena quita otra pena, un clavo quita otro clavo y un amor quita otro amor, mi hermana me obligó a salir con ella. Descubrí la noche con casi treinta años y por primera vez me sorprendió el amanecer lejos de casa. Me lo pasaba bien, pero no me encontraba a gusto, porque echaba de menos a esa persona que me había metido en el cuerpo el veneno del amor.

Llegó el verano y abrió el chiringuito de la playa. Acudí a buscar al príncipe y durante unos meses viví un cuento de hadas. Como la vida, todo se acaba. Un día me soltó que teníamos que dejarlo porque se había comprometido. Yo no le creía. Me contó que el día de los enamorados me había comprado unas flores y un anillo para darme una sorpresa, llamó a mi casa y le colgaron el teléfono. Él, en aquellas Navidades, había recibido una carta de una ex novia de la juventud. Le pedía perdón por si estaba casado o tenía familia. En caso contrario, lo invitaba a reencontrarse para hablar del pasado. Se vieron y retomaron la relación. Las flores se mustiaron en el maletero del coche, pero el anillo que iba a ser para mí cambió de mano.

A mí, la historia me olía a chamusquina. Me había regalado otro anillo ese mismo verano y pasaba los días a mi lado. Repetía que lo nuestro se había acabado porque se iba a casar. Aposté fuerte con un gesto de amor. Yo tomaba la píldora y le anuncié que sólo iba a acabar las que me quedaban. Si seguíamos, podía ocurrir cualquier cosa y si no, pues nada, cada uno a lo suyo. Él sabía perfectamente cuántas lentejas faltaban para acabar la caja. Una noche más, una lenteja menos; y seguimos cuando se acabaron. Por eso, yo no podía creer que se fuese a casar.

—Ayúdame a decidir qué hacer —me pidió varias veces, pero me negué. Era una persona adulta. Sólo le aconsejé que lo pensara un poco, que aplazara su supuesta boda, que esperase a que naciese la criatura y que después tomase una decisión.

Yo me quedé embarazada entre septiembre y octubre y él se casó el 28 de diciembre. Más que una boda, parecía una inocentada. El día de Nochebuena tuvimos un encuentro casual.

Recuerdo que en el chiringuito, cuando intentaba que entrase en razón, le cantaba una canción de Sergio y Estíbaliz: «*Óyeme, el niño ya nació / yo estoy bien, lo malo ya pasó / no temas, ella nunca lo sabrá / y sin duda, no volveré a llamar*». La letra continuaba: «*No hubo amor, no sé cómo pasó*»; pero yo la cambiaba por «*hubo amor, sé cómo pasó*» (porque sí había amor), «*soledad, tristeza, qué se yo / sin embargo, no me quiero despedir / sin que sepas que se parece a ti...*».

Estaba coladísima. Vivía lo que no había sentido en el matrimonio. Una mujer de treinta años, con las hijas ya criadas, no tenía por qué complicarse la vida. Retorcido amor. Pasé mis dos primeros embarazos con la sonrisa en la cara, pese a que habían sido fruto de mi egoísmo, y el último, el de mi hijo, engendrado con amor, amargada.

—Verás a una mujer embarazada y me vas a ver a mí; verás a una mujer empujando un carrito y me vas a ver a mí; verás a un niño con una pelota y estarás viendo a tu hijo; irá un chico a pedirte trabajo y será tu hijo —le decía.

—No me amargues.

—No te amargo, es lo que hay.

—Me estás torturando.

¿Quién torturaba a quién?

Durante el embarazo lo llamé un par de veces al trabajo, pero una mujer al otro lado del teléfono me despachó con largas. Lo llamé a un bar en el que solía parar. El cantinero me indicó que desde que se había casado no había vuelto por allí. Me mareé. No podía creer que aquel hombre del que estaba enamorada y embarazada me hiciese eso. De un adolescente lo podía entender, un hombre con 41 años no tenía disculpa.

El nacimiento del niño me convirtió en la mujer más feliz del mundo. Para mí, tener hijos fue como sacarme una espina de un dedo. A la semana, totalmente recuperada y en pantalón corto, fui a ver a una amiga que trabajaba de dependienta en un comercio en el centro de Boiro. Además de feliz, me sentía guapa. Aparqué el coche, bajé para abrirle la puerta a mi hermana, que llevaba a Richi en el regazo. Al girar la cabeza, me lo encontré. Lupe echó a caminar con el niño en brazos.

—Conseguiste lo que querías.

—Sí —le contesté. Cerré la puerta. Lo dejé con la palabra en la boca.

Un día le envié al trabajo una cinta de casete con la voz del niño y una fotografía. Unas Navidades me ingresó veinte mil pesetas. Fue toda su aportación.

Me quedé escaldada, pero no resentida. Ya durante los trámites de separación de mi marido me había prometido que, si conseguía deshacerme de él, no me complicaría la vida con otro hombre. Lo hice con el resultado que les acabo de contar. Escuché una vez en la radio que si tropiezas dos veces con la misma piedra y te levantas, quiere decir que sigues avanzando. Al poco tiempo me enamoré de un marinero de fuera. Estuvo viviendo conmigo dos años, pero las cosas se estropearon cuando se quedó sin trabajo. Lo acabé mandando para su casa. Lo quería, su familia me adoraba, pero sabía que aquello no tenía solución.

Lo eché en febrero y en junio conocí a Ramón. Todo esto, pero con más detalles, se lo conté antes a él.

A Manolo, mi actual pareja, lo conozco desde mi primera etapa en la radio, antes de separarme, antes de tener a Richi, antes de que me llevasen a ver la luna a Valencia. Lo difícil sería no conocerlo, porque trabaja en la gasolinera de Boiro y por ese peaje pasamos todos los esclavos del coche. Los oyentes que me conocían me dedicaban canciones a mí, a mi marido y a mis hijas. Que nombrasen a mi marido me producía dolor de barriga. Incluso ya separada, me seguían dedicando canciones «para tu hombre». Tuve que explicar que estaba separada y que me estaban haciendo la puñeta. Manolo también llamaba. Solía pedir *Hotel California,* de los Eagles, pero a veces prefería que lo sorprendiese y le endilgaba a la Pantoja. O Neno, como lo conocían, aprovechaba la llamada para invitarme a que parase en la cafetería de la gasolinera. Y un día lo hice. A la tercera fue la vencida, me invitó a cenar. Recurrí a la disculpa de que los hombres quieren postre después de la cena, para sacármelo de encima. Él insistía en que no tenía que pasar nada. Era viudo, tenía dos hijos y se daba la circunstancia de que su difunta mujer se llamaba Ramona. Nos hicimos amigos. Cada vez que paraba en la gasolinera me lanzaba el cebo con respeto, pero yo no picaba, no lo quería como pareja. A Ramón le contaba que el de la gasolinera me bailaba el agua sin sobrepasar nunca la raya.

—A lo mejor éste es el que te merece —me decía cada vez que se lo mencionaba. Casualidades de la vida... Ahora soy feliz a su lado.

Ramón pretendía que yo encontrase a un hombre que me cuidase antes de su partida. Me animaba para que saliese, pero me negaba porque no me apetecía. Sólo Ramón me llenaba.

—Vas a encontrar a una persona que te ame de verdad como yo te amo —me dijo un día.

—¿Y cómo lo voy a saber?

—Te lo voy a enviar yo.

—¿Y cómo sabré que me lo envías tú?

—Porque te besará como yo.

—Como tú, nadie —respondí con sinceridad. Y lo mantengo.

Ramón y Ramona

Ramón y Ramona. Ramón y Moncha. Ramón y su Mariposa, su Osa, su Osiña, su vida, mi vida. Dos personas, dos conceptos: amor y respeto. Parecen sencillos, pero muchísima gente no es capaz de entenderlos y mucho menos de aceptarlos. Permítanme que este punto de la historia se lo cuente en tercera persona. La distancia es la gran aliada de la prudencia.

Ramón y Ramona vivieron un primer año de «ensueño», palabra que le gustaba utilizar a Ramón. Si lo tuviese que describir Ramona, diría: «Fue un año muy bonito», aunque este adjetivo no agradaba demasiado a Ramón. Tampoco se lo reprocharía, porque todo pasa por la criba del amor. Desde que la pareja que nos ocupa se conoció hasta el último día de vida de Ramón, pasaron exactamente un año, siete meses y tres días. Un año, siete meses y tres días de amor y respeto. Si aceptamos que el primer año fue de «ensueño», como le gustaría que escribiésemos a Ramón, la resta nos dice que con la misma cantidad de amor —nadie puede poner en duda que se quisieron hasta el último segundo ni aun que se siguen queriendo— durante siete meses y tres días no vivieron la relación con la misma intensidad.

Ramona llegó un buen día con una amiga a la casa de Ramón. Se encontró las puertas abiertas, como se las encontraba cualquiera que se acercase a visitarlo. Y eran muchas las visitas. A Ramona todavía le provoca una sonrisa la imagen de una señora andaluza que llegó hasta Xuño con sus tres hijos ya mayores para pasar un mes con el tetrapléjico que había visto en televisión. Se instaló al lado de su cama. Llegaba por la mañana y se iba por la noche a dormir a una pensión. Así durante treinta días, los treinta calcetando, al lado de su cama. Ramón la miraba perplejo, pero no quería echarla.

La familia de Ramón —Manuela, la cuñada; José, el hermano; el padre y los tres sobrinos— pronto le cogió simpatía a Ramona, Moncha, la llamaban con confianza. Incluso la invitaban a comer y a cenar, propuesta que ella rechazaba siempre a regañadientes, porque tenía tres hijos que esperaban en su casa.

Entre Ramona y Ramón prendió desde el primer instante la llama del amor, pero la relación, no el amor, se deterioró. Entre las cosas que le achacan hoy a Ramona es que se creyó la jefa de la casa. Ramona admite un error, si es que puede ser considerado tal: como tomaba café a todas horas para acompañar a Ramón, pidió permiso para bajar a la cocina y hacerlo ella. Lo que pretendía era evitar molestias a la cuñada. «Estás en tu casa», le respondió Ramón.

Bajó a la cocina a preparar café. Lo hizo de pota, con colador de calcetín, como acostumbraban, pero, por comodidad, se le ocurrió regalarles una cafetera eléctrica que no utilizaba. La cafetera sirvió como excusa para que la familia de Ramón le pusiese la proa a Ramona.

A Ramón la situación le entristecía, le preocupaba. Quería a su cuñada, quería a su hermano, pero también quería a Osiña, que sentía por él amor y respeto. Respeto. Les preguntó qué pasaba y la respuesta que le dieron fue «nosotros o ella». Quizá las palabras no se ajusten, porque Ramona no estaba y Ramón ya no está para contarlo, pero no van mal encaminadas. Ramona también intentó saber los motivos de sus caras largas, pero tampoco encontró una respuesta acertada. Lo que sí se encontró un día fue la puerta cerrada, ya no podía entrar en esa casa. La casa en la que vivía Ramón, el hombre al que amaba.

Sin más explicaciones, sólo les quedaba indagar en el recuerdo para descifrar un motivo que les permitiese comprender lo que sucedía, entender por qué la familia había pasado de invitarla a la mesa a torcerle la cara. Ramón había saltado a la fama porque fue la primera persona que reclamó abiertamente la eutanasia. Fue gracias a un reportaje de *Línea 900* realizado por Laura Palmés, una periodista catalana. Estaba enferma de esclerosis múltiple y conectó con Ramón. También fue Laura Palmés la que le ayudó a pulir y publicar su libro *Cartas desde el infierno*. Entre Ramón y Laura hubo algo más que una relación profesional.

Y en ésas estaban cuando apareció Ramona, que no sabía nada ni estaba avisada. Laura quería escribir un libro sobre la mujer trabajadora en Galicia y Ramón cometió la equivocación de hablarle de Ramona. La periodista quiso conocerla, porque su historia reunía los ingredientes que requería su proyecto: trabajaba en una conservera, era madre de tres hijos y sobrellevaba un matrimonio fracasado y dos amoríos frustrados.

Ramona no era celosa. Amor y respeto. Laura, aunque estaba casada, sí lo era. Entrevistó a Ramona, pero cuando se dio cuenta de los guiños cómplices entre Ramón y ella, su actitud cambió. La llamó mentirosa y le dijo que no se creía nada de lo que le había contado. Ramona podía pasar por todo, menos por mentirosa. Le contestó que le daba igual que la creyese o no y que no quería aparecer en su libro. Ramón contempló con disgusto la escena desde la cama: dos mujeres a las que apreciaba enfrentándose delante de él. Las quería, pero de distinta manera. Una estaba casada, la otra no tenía pareja. Tuvo que elegir a una y ésa fue Ramona. Por amor y por respeto.

Ramón le aclaró la situación a Laura y a ella le afectó mucho porque era una mujer enferma. La familia la quería especialmente y para Ramón y Ramona comenzaron los problemas. Un día le aparecieron los limpiaparabrisas del coche rotos; otro, los cristales y se empezó a correr la voz de que sería la persona que «asesinaría» a Ramón... Pues sí, lo era; pero cuando él se lo pidiese. No hoy, tampoco mañana. Y lo haría por amor y respeto.

De pasar juntos la tarde a hablar unos minutos por teléfono hay una gran diferencia. Ramona no podía ir a visitar a Ramón y además, había tenido que dar de baja la línea telefónica, porque la conservera no pagaba al estar en una situación de quiebra. Lo llamaba desde casa de sus padres, le hacía a Ramón una señal y éste la telefoneaba. Charlaban unos minutos, pero sin la intimidad que necesita una pareja para llorar a gusto la pena.

Hasta que Ramón se independizó para no dejar que el amor se enredase en la trampa de la vida. Se fue de alquiler a Boiro y Ramona fue señalada. Se la acusaba de llevárselo para ayudarle a morir. Cuando él lo decidiese. No hoy, tampoco mañana. ¿Acaso es delito querer ver todos los días a la amada? Con la opinión de Ramón nadie contaba. Sólo Ramona. Por amor y por respeto.

Capítulo IV

MORIR EN LA ORILLA

La primera persona que reclamó en España la eutanasia nació en la punta de la punta, en la provincia de A Coruña, en la península del Barbanza, una lengua de tierra entre la ría de Arousa y la de Muros y Noia, en el Concello de Porto do Son, en la parroquia de Xuño. Para llegar hasta la casa de Ramón Sampedro hace falta tiempo, voluntad y mucha paciencia.

Pongamos que sale de Madrid. Un avión lo dejará en Santiago en cincuenta minutos. Si viaja en coche —dando por hecho que cumple con el código de circulación—, tendrá cinco horas por delante siempre que lo haga de un tirón. Al salir del aeropuerto internacional de Lavacolla, tome dirección Pontevedra-Vigo por la autopista del Atlántico y continúe la marcha hasta la salida 93. Un indicador le señalará Padrón-Pontecesures. Dos kilómetros antes se habrá apercibido de que también es el camino que conduce a Rianxo, Boiro, Pobra do Caramiñal, Riveira y Noia. Mentalícese de que está cerca. En Padrón hay que aligerar el bolsillo —1,60 euros— para que se levante la barrera del peaje. A menos de un kilómetro, si no va conduciendo, mire a la derecha. Verá los invernaderos en los que se cultivan los famosos pimientos. Si para a comprar unas docenas, no se le ocurra hacer la gracia de pedir que piquen, porque lo harán todos y tendrá que tirarlos.

A continuación se le presenta la opción de seguir recto hacia Riveira o tomar el desvío a la derecha hacia Padrón. Aquí está la casa museo de Rosalía de Castro, autora de *Cantares Gallegos* y *Follas Novas*, para muchos la madre de la patria gallega. Un poco más adelante, Iria Flavia, en donde nació y está enterrado el Nobel de literatura, Camilo José Cela.

Pero usted quiere ir a Xuño, en Porto do Son, a la casa de Ramón Sampedro. Continúe en dirección Riveira por la vía rápida del Barbanza, como se llamaba antes. Ya no la catalogan así, porque alguien concluyó que era una manera de incitar a la velocidad. Hasta Boiro le faltarán veintiocho kilómetros y otros veinticinco más hasta Xuño.

Es necesario insistir en la paciencia y en la prudencia. La carretera se enrosca de tal forma que parece una curva de la que nunca se sale y la vía rápida resulta extremadamente lenta por el tráfico y las líneas continuas. Realmente, calificarla de vía rápida no tenía sentido.

Pasará los desvíos de Catoira, donde celebran el desembarco vikingo, y Vilagarcía de Arousa. A los quince kilómetros, contando desde Padrón, una rendija en la muralla de pinos, que ciñe en todo momento la carretera, le permitirá ver por primera vez las aguas mansas de la ría de Arousa. Dos kilómetros más adelante se encontrará con el desvío a Rianxo, municipio marinero de doce mil habitantes y lugar de nacimiento de Alfonso Daniel Rodríguez Castelao, autor de *Sempre en Galiza,* el catecismo del nacionalismo gallego.

Si gira la cabeza hacia la izquierda podrá contemplar una magnífica postal de Rianxo y unas curvas más adelante le sorprenderá el viaducto de la ría de Arousa, de setecientos metros de longitud. En la mitad le invade una sensación de zozobra, porque viaja en coche por el medio del mar. Ya está cerca de Boiro. Sólo faltan cuatro kilómetros.

Para llegar unos minutos antes a Xuño, lo mejor es continuar por la «vía lenta», pero le propongo que en el kilómetro 24 tome la salida de Boiro. Merecerá la pena. A su derecha hay un barco de bajura con la bandera de *Nunca Máis* pintada en el puente. Los bravos marineros de las Rías Baixas se echaron al mar para limpiar con sus manos el chapapote que salía de la panza del petrolero *Prestige*, en noviembre de 2002, ante la pasividad de las autoridades. Fue la mayor catástrofe ecológica de la historia de España.

Boiro vive principalmente del mar, de la industria conservera, de la pesca de bajura y de las bateas donde se cultivan los mejillones. Curiosamente, el pueblo ha crecido de espaldas al sustento. Del centro al paseo marítimo hay un trecho. El ayuntamiento tiene 18.500 habitantes y unos doscientos negocios de hostelería. No está nada mal la proporción. Boiro manda en la noche gallega. Hasta allí se desplazan miles de personas los fines de semana y la población se duplica durante el verano.

Sitúese en la avenida de la Constitución, conocida popularmente como la calle Ancha. Siga hasta el final. Antes de llegar a la glorieta, en la acera de la derecha, puerta con puerta con el bar Anduriña, en el quinto piso de un edificio de nueva construcción, con un balcón y dos galerías con tres ventanas cada una, vivió y murió Ramón Sampedro.

Ya ha visto el sitio donde puso fin a su sufrimiento. Sigamos hasta el lugar donde comenzó todo. Continúe hacia el paseo marítimo: se encontrará con la belleza de la ría en todo su esplendor. Cierre la boca o siga con ella abierta, al gusto. Pasará sobre un puente y llegará a un cruce. Eso ya es Escarabote, aunque le dé la impresión de que no ha abandonado Boiro. Coja a la izquierda en dirección a la Pobra do Caramiñal. A unos ochocientos metros está el esqueleto de la conservera La Onza de Oro, la fábrica en la que trabajé, y un poco más adelante, A Ribeiriña, donde vivo. Enfrente se ve O Grove y en el medio de la ría, la isla de Arousa. El mar está salpicado de bateas de mejillón, que muchos turistas confundían hace años con barcos de guerra. En la zona hay más de una docena de conserveras y unas ochocientas industrias mejilloneras, aunque el término también sirva para una sola batea. Una puede dar un beneficio de 48.000 euros, el pan para muchas familias. Las mujeres copan las conserveras, los hombres, el mar. El turismo, algo de textil y agricultura de subsistencia son los principales negocios de la comarca.

A la derecha dejará el pazo de A Mercé, un palacete del siglo XIX, aunque sus orígenes se remontan al XV, donde vivió el genio de la literatura Ramón María del Valle-Inclán. Si continúa en línea recta, acabará en Pobra do Caramiñal —un balcón sobre el mar de diez mil habitantes, con muelle para grandes buques y lonja—, pero gire a la derecha para tomar otra vez la vía rápida en dirección a Riveira. Si tiene suerte y le ha tocado un día despejado, al levantar la vista se encontrará con los seiscientos metros del pico A Curota. No siga hasta el final de la vía rápida; le voy a enseñar un atajo y, de paso, le muestro el cruceiro de la Santa de Moldes, que tiene su importancia en el relato, como verá más adelante.

Al pasar una gasolinera, métase a la derecha en la salida 35, dirección Pobra do Caramiñal Sur. Estamos en la comarcal 550, coja otra vez a la derecha, hacia Corrubedo —hay un indicador—. Seguro que le suena el nombre por las dunas, que se mueven casi al compás de las olas del mar.

Un poco más adelante, fíjese en la Santa de Moldes. La tiene a su derecha, en el cruce que conduce al alto de A Curota. La gente del mar le lleva a diario flores frescas y le deja cirios encendidos para que vuelvan los que se han ido y para que descansen en paz los que no volverán. Continúe en la misma dirección. Ya estamos llegando, pero mucha precaución con las curvas y con la carretera de asfalto agotado, que el descenso es empinado y, además, está sin pintar. Las calvas del monte permiten tomar las curvas abiertas, pero son traicioneras, muy traicioneras y no están señalizadas.

Al llegar al cruce de Oleiros, a la izquierda le quedará Riveira, a cuatro kilómetros, y a la derecha, Porto do Son, a dieciocho. Xuño está un poco antes. En Riveira, con veintiséis mil habitantes, se localiza uno de los puertos pesqueros más importantes del litoral gallego tanto en volumen como en valor de la pesca. En Porto do Son se encuentra el castro marítimo de Baroña, una ciudadela celta a la orilla de la playa que sobrecoge al que la visita.

No han pasado cincuenta minutos, pero ha dado tantas vueltas que le parece que la casa de Ramón queda en el fin del mundo.

A partir de ahora, no dejará de encontrarse con casas en ningún momento, las aldeas se engarzan como las cuentas de un rosario y sólo se dará cuenta de dónde acaba una y empieza la otra porque se lo soplan los indicadores. Es lo que sucede cuando encuentras agua en cualquier parte.

Cuando vea el letrero de Xuño aminore la marcha, fíjese bien, porque en una casa blanca de dos plantas y un colmado en el bajo tendrá que meterse a la derecha. No está señalizado y el camino es angosto. A la izquierda hay un sendero que le llevará a la playa de As

Furnas, el sitio donde Ramón empezó a «ver el mundo desde abajo», como decía, tras chocar contra la arena por una zambullida mal calculada. Este cruce está cargado de simbolismo. A un lado, la casa que lo vio nacer; al otro, el sitio en el que empezó a morir. Representa la encrucijada de la vida.

Cuando Rosa me trajo la primera vez, nos costó casi una hora encontrar la casa, y eso que ella conoce la zona. Pasará por delante del cementerio donde está enterrado Ramón. Es un sitio gris y en las piedras se puede ver el surco que deja el paso del tiempo. No he vuelto a entrar desde un día en que nos llevaron de excursión en el colegio para curarnos las verrugas delante del cruceiro. Ramón quería ser incinerado.

Siguiendo recto y jugándosela a cara o cruz en la media docena de bifurcaciones que encontrará en el camino, verá una casa en lo alto de la atalaya. La ventana de la derecha era la de Ramón.

Ya ha llegado a la punta de la punta, donde las distancias no se miden en kilómetros, sino en el tiempo que lleva recorrerlas. Y ahora hay «vía rápida».

Desde aquí, desde un punto que está tan cerca en kilómetros y tan lejos en tiempo, Ramón Sampedro se enfrentó a jueces, políticos y religiosos para que le concediesen el derecho a la eutanasia, «a una buena muerte», como significa etimológicamente. Desde una aldea remota y postrado en una cama, consiguió que su historia fuese mundialmente conocida.

Cuando alguien entraba por primera vez en el mundo de este hombre de labios finos, frente despejada y mirada profunda, los tres primeros comentarios que él hacía cortaban el resuello al que los escuchaba: «Perdona que no te dé la mano», «¿me enciendes un cigarrillo para ver si me mata?» y «¿me ayudarías tú a morir?».

Tras romperse la espina dorsal a la altura de la séptima vértebra y pasar tres meses en el hospital, Ramón regresó a su casa. En ese momento expuso a su familia, por primera vez, sus intenciones: «Me quiero morir». Por respuesta encontró el llanto de su madre. Para no hacerla sufrir, se concentró en la lectura y en la música. Además, los médicos le habían puesto fecha de caducidad a su situación: de tres a cinco años de vida.

Estudiaba filosofía con devoción: desde Papini, también tetrapléjico, hasta Nietzsche, y en los últimos años había conectado con el filósofo Salvador Pániker, presidente de la asociación Derecho a Morir Dignamente (DMD). En aquella época empieza a plantearse en serio su derecho a la eutanasia. A Inés, mi hija más joven, le regaló *El mundo de Sofía*, escrita por el noruego Jostein Gaarder, para que se iniciase en la aventura de la historia del pensamiento de forma amena a través de los ojos de Sofía Admunsen, la protagonista adolescente.

Ramón tampoco desdeñaba la literatura. Amaba a Pablo Neruda —tenía un póster del escritor chileno detrás de la puerta—, pero también se empapaba de tomos de derecho para poder luchar por lo que más deseaba: la muerte. Acompañaba el día con música clásica, pero entre los grandes genios sobresalía la figura de Wagner, su compositor de cabecera.

La habitación olía siempre a fresco. Estaba en el segundo piso de la casa. Con una ventana enfrente de la cama y otra a un costado. Encima de la cama, el teléfono y un barquito, que evocaba el medio centenar de puertos que había pisado. Del lado derecho escribía en el atril, del izquierdo con el ordenador. En las paredes había un espacio para el equipo de música, otro para la televisión y el resto lo cubría una biblioteca más que notable. Esos libros explican cómo un tetrapléjico, desde una aldea remota, pudo plantar cara a los doctores de la ley.

La madre se murió doce años después. De cáncer, según los médicos; de pena, para Ramón. En DMD encontró buenas palabras, pero a nadie que se decidiera a ayudarle. En su cuaderno de bitácora había señalado dos rumbos: «Que alguien me facilite una sustancia química, y si no la encuentro, planteo la vía judicial. Ésta me la empecé a pensar desde la Constitución, porque antes era imposible».

—¿Y por qué te quieres morir? —se interesaba todo aquel que se acercaba a Ramón.

La respuesta más contundente la dio en el reportaje de *Línea 900* «Morir para vivir» en un momento en el que aparecía Ramón, desnudo, tapado sólo con una toalla, con los brazos caídos en la cama, sin mando. Ramón apoyaba la dureza de las imágenes con un discurso sensato: «Si hago esta imagen es para que tal vez los jueces, los juristas o los políticos, que tienen que decidir, puedan entender un poco —porque parece que no pueden entrar en el dolor psicológico de una persona— al que está así. Si el jurista o el juez se ven en esta situación toda la vida, tal vez puedan entender los motivos de un ser humano para decidir que la vida no es esto, que la vida es otra cosa». Creía que si los jueces se leían la Constitución, le tenían que conceder el derecho a una buena muerte.

La vida es un conjunto de gestos simples, pero sólo te das cuenta de la importancia que tienen cuando ya no puedes hacerlos. Un día no consigues agacharte porque te duele la espalda, otro te ves obligado a caminar más despacio, al siguiente ya no puedes coger peso... Y la ausencia absoluta de esas actividades suele sorprender con la vejez. Pero Ramón Sampedro no podía ni espantar una mosca de la cara desde los veinticinco años. Y lo que más le disgustaba era que estaba privado de la intimidad más elemental.

«El Estado está obligado a prestarme ayuda, sólo pido eso. Si yo no puedo hacerlo, creo que es injusto que se prohíba que otro me ayude. Es una injusticia. Tal vez quien te puede prestar esa ayuda es tu madre», dijo en el reportaje referido, pero la madre ya se había muerto de pena.

A Ramón le costaba comprender por qué no lo entendían. Le parecía una actitud hipócrita el hecho de que nadie intentara aproximarse a su situación. Para él, bastaba con que los juristas, los jueces o los políticos se amarrasen de pies y manos durante una semana, para que la resolución a su demanda fuese distinta. Y eso que, aun así, no estarían en igualdad de condiciones, porque, incluso atados a la cama, tendrían sensibilidad en el cuerpo.

Ramón no sentía nada, sólo la cabeza. Cuando hablaba con él, le acariciaba la mano derecha constantemente. Un día noté como entornaba los ojos al apretarle el pulgar. «Sigue, sigue, que me da mucho gusto», me contestó con cara de felicidad. En ese punto del dedo gordo sentía las caricias. Fue el punto en el que centré mis esfuerzos desde ese momento. También lo intenté con los pies, sobre todo en el verano. Se los masajeaba, pero para él era descorazonador: «Mi dama me está acariciando los pies y yo no siento nada».

Y lo que más le disgustaba era cuando corría a contarle los problemas en la conservera con el llanto por delante. Notaba en su cara la impotencia al no poder darme un abrazo de consuelo. A mí me bastaba con la palabra, pero me decía que a él no.

Asesorado por DMD, en 1995 Ramón acudió a los tribunales para reclamar que la justicia le permitiese recibir ayuda para privarse de la vida consciente y voluntariamente. Yo todavía no lo había conocido. El Tribunal Constitucional rechazó el recurso por dos motivos: por defecto de forma y por la falta de regulación legal del derecho a la eutanasia en España. Elevó su petición a la Comisión Europea de Derechos Humanos, que, aunque no la recogió, sí le abrió una ventana para que emprendiese otra batalla legal ante la justicia española. En noviembre de 1996 acudió a una vista a la Audiencia Provincial de A Coruña y no sólo perdió, sino que no le dejaron explicarse.

Cuando Ramón tomó la decisión de marcharse, el caso estaba en el Tribunal Constitucional desde finales de 1996 y aunque la tramitación del proceso había concluido en abril del año siguiente, no lo resolvió con celeridad al no apreciar un gran sufrimiento.

Ramón se fue, dejando como testamento una carta que debería hacer reflexionar a la sociedad.

Sres. jueces, autoridades políticas y religiosas:

Después de las imágenes que acaban de ver, a una persona cuidando un cuerpo atrofiado y deformado —el mío—, yo les pregunto: ¿qué significa para Vds. la dignidad?

Sea cual sea la respuesta de vuestras conciencias, para mí la dignidad no es esto. ¡Esto no es vivir dignamente!

Yo, al igual que algunos jueces y la mayoría de las personas que aman la vida y la libertad, pienso que vivir es un derecho, no una obligación. Sin embargo, he sido obligado a soportar esta penosa situación durante 29 años, cuatro meses y algunos días.

¡Me niego a continuar haciéndolo por más tiempo!

Aquellos de vosotros que os preguntéis: ¿por qué morirme ahora —y de este modo— si es igual de ile-

gal que hace 29 años? Entre otras razones, porque hace 29 años la libertad que hoy demando no cabía en la ley. Hoy sí. Y es, por tanto, vuestra desidia la que me obliga a hacer lo que estoy haciendo.

Van a cumplirse cinco años desde que —en mi demanda judicial— les hice la siguiente pregunta: ¿debe ser castigada la persona que ayude en mi eutanasia?

Según la Constitución española —y sin ser un experto en temas jurídicos—, categóricamente NO.

Pero el Tribunal competente —es decir, el Constitucional— se niega a responder. Los políticos —legisladores— responden indirectamente haciendo una chapuza jurídica en la reforma del Código Penal. Y los religiosos dan gracias a Dios por que así sea.

Esto no es autoridad ética o moral. Esto es chulería política, paternalismo intolerante y fanatismo religioso.

Yo acudí a la justicia con el fin de que mis actos no tuviesen consecuencias penales para nadie. Llevo esperando cinco años. Y como tanta desidia me parece una burla, he decidido poner fin a todo esto de la forma que considero más digna, humana y racional.

Como pueden ver, a mi lado tengo un vaso de agua conteniendo una dosis de cianuro de potasio.

Cuando lo beba habré renunciado —voluntariamente— a la propiedad más legítima y privada que poseo; es decir, mi cuerpo. También me habré liberado de una humillante esclavitud —la tetraplejia.

A este acto de libertad —con ayuda— le llaman Vds. cooperación en un suicidio —o suicidio asistido. Sin embargo, yo lo considero ayuda necesaria —y humana— para ser dueño y soberano de lo único que el ser humano puede llamar realmente «mío», es decir, el cuerpo y lo que con él es —o está— la vida y su conciencia.

Pueden Vds. castigar a ese prójimo que me ha amado y fue coherente con ese amor, es decir, amándome como a sí mismo. Claro que para ello tuvo que vencer el terror psicológico a vuestra venganza —ése es todo su delito—. Además de aceptar el deber moral de hacer lo que debe, es decir, lo que menos le interesa y más le duele.

Sí, pueden castigar, pero Vds. saben que es una simple venganza —legal, pero no legítima—. Vds. saben que es una injusticia, ya que no les cabe la menor duda de que el único responsable de mis actos soy yo, y solamente yo.

Pero, si a pesar de mis razones deciden ejemplarizar con el castigo atemorizador, yo les aconse-

jo —y ruego— que hagan lo justo: córtenle al cooperador(a) los brazos y las piernas, porque eso fue lo que de su persona he necesitado. La conciencia fue mía. Por tanto, míos han sido el acto y la intención de los hechos.

Sres. jueces: negar la propiedad privada de nuestro propio ser es la más grande de las mentiras culturales. Para una cultura que sacraliza la propiedad privada de las cosas —entre ellas la tierra y el agua—, es una aberración negar la propiedad más privada de todas, nuestra patria y reino personal. Nuestro cuerpo, vida y conciencia. Nuestro universo.

Sres. jueces, autoridades políticas y religiosas:

No es que mi conciencia se halle atrapada en la deformidad de mi cuerpo atrofiado e insensible, sino en la deformidad, atrofia e insensibilidad de vuestras conciencias.

En *La Voz de Galicia* leí un comentario del periodista César Casal González sobre el tema: «A los que creen que hizo una barbaridad les diría que se pasasen treinta añitos reatados a una cama y que, después de esa Port Aventura, vuelvan a opinar. Ramón no pidió la muerte para todos, sino para quien la desease en libertad. ¿Cómo era? La viga en el ojo propio y la paja, en el del otro. A mí no me escandaliza que el Papa decida morir en la cruz». Me parece una respuesta acertada para los que se atreven a cuestionar y a criticar una decisión tomada en libertad.

Me encantaría enfrentarme al debate de la eutanasia como lo hizo Ramón. Soy consciente de que no estoy preparada para comprender o hablar con las palabras esdrújulas de los teóricos. Pero esto no me impide saber lo que es justo o injusto, lo que está bien o está mal. Ramón no quería irse a escondidas como lo hizo, tampoco a mí me gustó que se marchase así, pero cumplí una promesa hecha con amor.

Ramón se fue, su caso se elevó hasta las más altas instancias de la justicia y éstas acabaron sacándoselo de encima por una u otra razón. Lo que no consiguieron es apagar el ejemplo de Ramón, que debe servir para que una partida como la suya no se vuelva a repetir. Y el caso de Ramón no era el único. La forma es cuestionable, para el fondo no puede haber un reproche. Ahora está donde él deseó. Yo le ayudé y me alegro.

Mucha gente fue a verle a Xuño, hasta un sitio que está tan cerca y queda tan lejos. Tuvo voluntad y paciencia para llegar hasta su casa, en la punta de la punta, pero no para que él penetrase en su corazón.

Capítulo V

EL PENÚLTIMO VIAJE

La historia se repite desde Adán y Eva. Me acusan de haber sacado a Ramón de su casa de Xuño, pero, si de algo soy culpable, es de amarlo y de respetarlo. Ramón tenía una mente lúcida, no era un muñeco que se pudiese manipular.

A Ramón le rondaba por la cabeza la idea de independizarse desde hacía tiempo, pero no lo había hecho por su familia, sobre todo, por no dar un disgusto a su padre. Y fue la incomprensión de la misma familia hacia nuestra relación de pareja, entre otras razones, la que lo empujó a marcharse de Xuño. Llevábamos sin vernos unos meses, porque nos lo impedía una puerta que encontraba cerrada. Nuestro contacto se reducía a breves conversaciones telefónicas que sólo servían para echarnos más de menos.

Un día me pidió por teléfono que le buscase un piso por mi zona. Otra persona ya lo estaba haciendo por Porto do Son, aunque prefería estar cerca de mí. Descartó la posibilidad de mudarse a mi casa porque no estaba arreglada. Supongo, aunque a mí no me lo decía, que creía que no era un lugar apropiado para trasladarse por si en algún momento tomaba la decisión de emprender el viaje que lo liberase de su cuerpo. Ramón lo tenía todo bien atado.

Busqué el piso con tranquilidad, sin prisa. Primero intenté conseguir una casita a la orilla del mar, con accesos que le permitiesen salir si en algún momento lo deseaba. Miré varias, pero no me gustaron. Finalmente, encontré un apartamento muy cuco en Boiro con dos habitaciones, un salón comedor y vistas al mar, aunque no como las que podría disfrutar desde mi casa. Se lo comenté, fuimos a verlo y le gustó mucho.

Abandonar Xuño le dio pena, porque sentía gratitud hacia su cuñada por la entrega con que lo había cuidado durante muchos años. Y de esto doy fe. Lo que le alejaba era la tensión que tenía que soportar. Varias veces les confesó por separado y les preguntó abiertamente las razones por las que no me podían soportar. Nunca encontró una respuesta convincente y eso le desesperaba. Lo que se dijeron al despedirse nunca me lo contó ni tampoco se lo pregunté. Lo pensé, pero me dije «¿para qué?».

Ramón necesitaba pensar y aclarar sus ideas. Quería cambiar de aires para escribir. Lo hubiese hecho si la situación se hubiese arreglado un poco, le valía con un remiendo apresurado. Creo, con sinceridad, que cuando salió de Xuño estaba más cerca de quedarse en este mundo que de marcharse. Sólo había que aceptar su independencia, y aceptar la libertad del individuo para elegir su propio destino y a su pareja. Aceptar, en definitiva, a Ramón Sampedro.

Pero antes de dar el segundo gran salto de su vida necesitaba encontrar a una persona que lo cuidase. Ni yo podía por el trabajo ni él me lo hubiese permitido «por dignidad». Sólo en alguna ocasión me dejó lavarle los dientes y afeitarlo. Primero intentó contratar a una persona titulada, pero como el título se paga caro, se lo propuso a mi hermana Lupe. La creyó la persona adecuada, porque era la primera mujer voluntaria de la Cruz Roja de Boiro. Lupe dudó en un principio. No se sentía preparada, no era lo mismo colocar una férula o una tirita que cambiar una sonda. Pero Ramón era vivo y sabía transmitir confianza, aunque fuese desde el otro lado del teléfono.

—¿Confías en mí, Lupe? —le preguntó.

—Claro que confío en ti, Ramón.

—Has estado en la Cruz Roja, eres decidida y yo te enseño —a estas alturas, mi hermana ya estaba más cerca del sí que del no.

—Podemos probar y si no estás contento, me echas y tan amigos.

A continuación abarcaron el gran problema: el salario. Según me contaron, fue una negociación de gallegos.

—¿Cuánto quieres cobrar?

—No sé cuánto cobrarte... Dame lo que veas.

—Pide tú.

—El dinero no va a ser problema —entre los dos ajustaron que cobraría 120.000 pesetas, la moneda que estaba en curso a finales de 1997. Lupe le dio a Ramón un sí condicionado. Tenía que consultarlo con su pareja, con la que vivía, para que aceptase el traslado al piso que Ramón había alquilado.

Unos días después telefoneó de nuevo a Lupe, esta vez para indicarle que a la mañana siguiente se presentase en la puerta del piso para comenzar el trabajo. Ramón se desplazó hasta Boiro en la furgoneta de Ambar (Asociación de Minusválidos do Barbanza). Una sobrina y su novio lo acompañaron. Nosotras ya lo estábamos esperando en la puerta. La cama y el atril que utilizaba para escribir y para leer eran todo su equipaje, si la memoria no contradice a la realidad.

Subimos a la quinta planta y entramos en la nueva vivienda de Ramón, situada en la calle Ancha, como es conocida. Tras echar un segundo vistazo, decidió dónde quería instalarse. Eligió el salón, que se comunicaba con la cocina, contradiciendo la lógica. Apartamos el sofá y en el sitio que nos indicó, colocamos la cama. Me llevó un tiempo comprobar que había acertado con la decisión. La habitación resultaba más íntima, pero Ramón llevaba muchísimos años sin vivir el trasiego de una cocina. Días después separé los dos espacios con unas cortinas para que tuviese más intimidad si lo deseaba. A Lupe su nuevo jefe sólo le impuso dos normas: que no bajase la persiana y que no recibiese visitas sin antes consultárselo. Su casa de Xuño se había convertido en un lugar de peregrinación y la dirección de Boiro, así como el número de teléfono, sólo se lo facilitó a un puñado de amigos y a la familia. Deseaba tranquilidad.

Ramón era metódico. A las ocho de la mañana ya estaba despierto, bebía un vaso de agua y luego desayunaba. Se tiraba la mañana leyendo o escribiendo, a veces dejaba que la vista se perdiese en el azul de la ría de Arousa, pero se imponía trabajo para evitar que lo tentase la locura. El atril lo tenía en el lado derecho, el ventanal en el izquierdo. Era mañoso sin manos, listo, inteligente, vivo. No hay palabras que describan lo mucho que me asombraba. Para pasar las páginas de los libros se servía de la misma caña con la que escribía, sólo que cambiaba el bolígrafo o el lápiz por una aguja para pinchar el papel.

Lupe lo cambiaba cada tres horas de postura y ponía especial cuidado en que estuviese siempre seco. Cuando iba a hacer la compra, le dejaba a Wagner puesto. No tardaba, y eso que él le decía que no anduviese a la carrera, que quedaba bien. Se desvivía. Y lo cuento porque Lupe sintió que un puñal le atravesaba la espalda cuando la familia de Ramón manifestó que estaba desatendido, que tenía el cuerpo plagado de llagas. Tres meses estuvo sin conciliar el sueño tras su muerte. A Pedro, el hijo que estaba esperando entonces, le ha quedado el sobrenombre de *Niño milagro,* acuñado por la abuela.

A Ramón le gustaba comer de todo, de todo menos verdura. Comía poco porque no quería engordar, pero masticaba con deleite cada bocado, lo disfrutaba, lo saboreaba. Si ese día tocaba pollo, pedía a Lupe que le acercase el hueso para roerlo hasta dejarlo sin sombra de carne. Ahora, cada vez que veo a una madre apurando a un niño con la comida como si lo estuviese cebando pienso: «Si Ramón te viese...». Él insistía en que los alimentos había que «masticarlos bien, saborearlos, disfrutarlos». Y después de la comida no perdonaba el café. Como pasa con los bombones, con Ramón casi siempre había una sorpresa, algo que aprender.

—Doña, échale un bombón al café —le dijo una tarde a Lupe.

—¿Cómo le voy a echar un bombón al café? —le contestó con escepticismo.

—Échale el bombón en el café. ¿No sabes que el café realza su sabor? —lo probamos y, como siempre, tenía razón.

A Lupe la llamaba Doña con sorna. Doña va y Doña viene. Y Doña, encantada. Sólo había un momento en el que conseguían estar callados. Y lo sé porque me lo contaron, no porque estuviese presente. Se producía cuando le tocaba el enema. Para Ramón era humillante; para su Doña, muy doloroso, porque se daba cuenta de que él sufría, como cualquiera que se ponga por un instante en su pellejo.

Lupe, su Doña, lo cuidó con esmero y dedicación, como antes había hecho la cuñada. Quedaron las imágenes grabadas del baño para demostrarlo y, además, estaba Ramón, que tenía voz para protestar si creía lo contrario, y la familia, que iba a visitarlo. En ese momento no hubo ni una sola queja, luego... «Todo tiene su tiempo bajo el sol», como decía Ramón.

Cuando yo salía del trabajo, comía y corría a su lado. El plan era fantástico: Ramón, cafés y charla. También recibía visitas, pero bajo su supervisión. La Doña hacía de centinela desde el portero automático.

—Hoy va a venir Mengano —anunciaba Ramón.

—¿Y le abro? —preguntaba Doña.

Los amigos iban a hacerle compañía casi a diario; pero si alguna tarde no tenía ocupada la agenda o yo me retrasaba por los problemas en la fábrica, preguntaba a Doña si no tenía amigas para distraerle la espera. No hacía falta que se lo repitiese dos veces, en seguida montaba una reunión de mujeres alrededor de su cama.

«Las mujeres sois vuestro peor enemigo», sentenció en una reunión tras escuchar las críticas que recibía una chica a la que su pareja había intentado quemar viva. «Algo haría para que le hiciesen eso», comentó una, respecto a la noticia que acababan de ver en la tele. Ramón no podía comprender cómo de la boca de una mujer podía salir un argumento tan reprochable, tan salvaje.

Ramón era presumido. Una tarde me lo encontré despeinado. Intenté domar su cabello con la mano y al darse cuenta, llamó a Doña desesperado para reprochárselo: «Doña, cómo me tienes sin peinar». Daba lo mismo el descuido, porque estaba siempre guapo. Desde el día en que nos conocimos me encantó que su habitación oliese siempre a pulcro, como él, y no a medicinas, como suele pasar con los enfermos que están encamados.

Todas las mañanas pedía a Lupe que le abriese la ventana para que el aire le acariciase unos minutos la cara. Calculaba el tiempo, porque tenía que mantener la temperatura de la estancia entre 22 y 23 grados centígrados. Y por la tarde le decía a Doña que quemase unas barritas de incienso para perfumar la habitación.

Cuando llegaban las visitas, entre las que me puedo incluir, Doña preparaba café y se iba a ordenar la casa; desaparecía con discreción y asomaba de nuevo la cabeza sólo cuando escuchaba el silbido de Ramón. Ella intentó convencerlo para que saliese a dar un paseo por la ría. Creo que ya tenía apalabrado el barco. Ramón se negó. Doña le llamó «cabezón», pero él respondió: «No me conformo con las migas, quiero la barra de pan entera».

En cierto modo, siento envidia sana de todo el tiempo que Doña pasó con Ramón los últimos meses. Pese a que no nos pagaban en la conservera, teníamos que ir a la fábrica a cumplir con el turno, a perder el tiempo. De pequeñas, habíamos aprendido a calcetar con espinas de atún y fatigábamos la jornada haciendo punto. Era lo único que ganábamos, pero yo malgastaba unas horas que podía estar invirtiendo en Ramón.

El único momento que él detestaba era la cena. Se obligaba a comer verdura, pero no le gustaba. En vez de masticar, rumiaba que era un aburrimiento y volvía la cabeza hacia la cocina para comprobar si había sobrado algo de la comida. Tragaba la verdura porque sabía que le convenía y porque él era el que elegía el menú. Y a las diez o a las once, como muy tarde, cerraba la persiana del día —no la de la ventana— para ser feliz soñando que se levantaba de la cama y caminaba.

En el piso de Boiro vivimos días de felicidad intensa, pero también de tristeza, porque la alegría se le descosía por el hilo de la familia y a la familia es imposible dejar de quererla. Guardo en el corazón la Nochebuena que pasamos en pareja. Mis hijas, en la habitación de las camas gemelas y nosotros, jurándonos amor para siempre. Había pensado irse esa noche, pero finalmente recapacitó. Unos días más para sentirlo, pensé con egoísmo, porque nunca podré dejar de quererlo, aunque me lo quieran prohibir.

Lo recuerdo la noche de fin de año con ojos de niño curioso siguiendo cada movimiento en la cocina por los preparativos de la cena. Si algo no estaba en su sitio, avisaba para que fuese corregido. A Doña y a Juan, su novio, les resultaba incómodo estar en la mesa mientras Ramón permanecía en la cama. Pero él no podía espantar la mueca de alegría que se le había posado en la cara. Quiso resistirse a la tentación de la merluza en salsa verde para mantener la línea a raya, pero acabó repitiendo, probando de todo y pidiendo a Juan que le diese de beber por la botella. Y antes, había dicho con la boca pequeña: «No quiero, no quiero». Algo parecido sucedió con la fiesta de cumpleaños con la que Doña le sorprendió el 5 de enero. «No quiero», pero disfrutó con los amigos, los niños, la tarta, los chupitos y el momento.

Ramón fue a comer a su casa de Xuño el día de Navidad y tuvo la sensación de que las cosas podían arreglarse. Regresó contento y yo también estaba contenta. Sólo queríamos que nos quisiesen o, al menos, que no me odiasen. Sólo eso, aunque a alguien le pueda parecer mucho. Fue un espejismo, porque en los días siguientes la tristeza comenzó a acentuarle las arrugas de su dulce cara. Notaba que su estado de ánimo cambiaba si recibía alguna llamada. Como les he contado, no soy preguntona ni fisgona. Y él callaba lo que sucedía para no disgustarme.

Tampoco quería hacerle daño a su padre, un anciano maravilloso que lo adoraba. Incluso le había dicho que esperaría a que se muriese para luego marcharse él. Pero se cansó de pensar en los demás, porque no percibía que los demás pensasen en él.

Creer que yo lo saqué de su casa de Xuño, como me acusan, sería cuestionar la inteligencia de un hombre lúcido y brillante. Ramón lo decidió por sí mismo. Yo sólo permanecí a su lado en todo momento.

De mí se han dicho muchas cosas inapropiadas, malsonantes, crueles; pero de mi boca no saldrá una descalificación hacia las personas que Ramón quería y apreciaba. Era su familia. Ni por todo el oro del mundo vale la pena ensuciar la memoria de Ramón Sampedro con tonterías personales.

Me quería, lo quería y no me querían. Así de simple y de sencillo.

Capítulo VI

POR AMOR

¿Cómo se puede ayudar a morir a la persona que amas? Entiendo que haya gente que se formule esta pregunta, aunque me da la impresión de que esconde un interés por despejar otra incógnita. Si es así, el enunciado debería ser: ¿cómo es posible que una mujer joven se haya enamorado de un tetrapléjico? O siendo un poco más incisivos: ¿qué buscaba? ¿Acaso dinero, quizá fama?

Si se hubiese cumplido la voluntad de Ramón Sampedro, su viaje tendría que haber sido certificado como muerte natural. La treta, milimétricamente planeada, hubiese evitado un juicio absurdo con Ramona Maneiro como única imputada y este testimonio no existiría. Pero desde el primer momento se señaló a una sola persona: «Fue ella». Antes de que yo contase la historia, otros ya lo estaban haciendo por mí. Siete años permanecí callada. Descartados quedan los deseos de fama.

¿Sería por dinero? Ramón vivía de una paga exigua. Creo recordar, si la memoria no me falla, que cobraba 53.000 pesetas al mes. Con estos posibles y sin fama a la vista, porque pretendía a toda costa que no me viese involucrada, también queda descartado el dinero que la popularidad pueda traer debajo del brazo. También está la prueba de la casa: sigo viviendo en la misma choza.

Entonces, sólo falta por explicar por qué me enamoré de un tetrapléjico y por qué ayudé a morir a la persona que amaba. Sí, lo amaba y por amor lo ayudé a morir, pero no reprocho que haya escépticos porque la misma pregunta se hacía Ramón al principio de nuestra relación.

—Generas muchos celos a tu alrededor y en mi caso es comprensible, porque no se entiende que una mujer que puede tener los hombres que quiera se enamore de una persona en mis circunstancias —me dijo cuando amanecía nuestro amor.

—Pero no tengo que demostrar nada a nadie. ¿Y por qué provoco celos en el resto de la gente?

—Porque eres un ser sincero y transparente —el halago me derritió. Supongo que sus palabras estaban condicionadas por el amor.

Que Ramón cuestionase mi amor hacia él me abatía. Por desgracia, hay muchos Sampedros en el mundo y me sigo preguntando por qué no se van a enamorar, por qué no pueden encontrar una persona que los ame como están y como son. Él argumentaba que cuando una persona se queda en ese estado no quiere amarrar a nadie por mucho que lo quiera. Instantes antes de fracturarse la séptima vértebra cervical al arrojarse al mar en la playa de As Furnas, estaba distraído porque esa noche iba a conocer a los padres de la que iba a ser su mujer. Tras el accidente la chica quiso casarse, pero él le contestó que rehiciese su vida, que no se quedase varada al lado de su cama.

Los ojos penetrantes de Ramón quedaron anclados en mi corazón desde la primera vez que lo vi. Su cara bonita, su facilidad de palabra y los ánimos que infundía para luchar y para vivir acabaron por conquistarme. Puede parecer una contradicción, pero sus ganas de morir chocaban frontalmente con la vida que contagiaba. Llegué a Ramón apaleada por el amor y me encontré con un romance como los que me hacían llorar en las películas y en las telenovelas. Amar con la palabra era maravilloso y novedoso para mí.

Nos besamos por primera vez al mes de conocernos. Ramón no quería, tenía miedo. Yo pasaba las tardes apoyada en sus rodillas o recostada en su cama. Él intentaba que me sentase erguida por mis problemas de espalda, pero le desobedecía. Estábamos charlando y un impulso incontrolable hizo que me fuese acercando muy despacio hasta que su cara se encontró con la mía de enamorada. Cuando estaba a punto de rozar sus labios, apartó la cara y mi beso quedó colgado en el aire. Agaché la cabeza, busqué refugio en su regazo. «¿Qué estoy haciendo?», me pregunté contrariada. Tenía ganas de salir corriendo, deseaba atrasar el reloj unos minutos para deshacer ese momento. Pero no había marcha atrás, ya había sucedido. Permanecimos un rato en silencio. Sólo escuchaba mi corazón acelerado y el murmullo del mar bravo, que sonaba en la ventana pese a que rompía a una distancia considerable. Noté que Ramón intentaba mover el brazo izquierdo con la fuerza del cuello. Acaricié su mano. Aunque no sentía nada, a él le gustaba contemplar cómo lo hacía porque lo trasladaba a otras épocas. Lentamente levanté la cabeza y de nuevo me fui acercando hasta que sus dos ojos se unieron en uno, tal como hicimos nosotros. Me separé con fiebre en las mejillas. Sentía un calor sano.

—No puede ser —dijo Ramón.

—¿Por qué no va a poder ser? ¡Claro que puede ser!

—Pero cómo te enamoras de mí si a ti te sobran hombres fuera de aquí.

—Pero a mí no me interesan esos hombres. A algunos los amé de verdad, pero estoy aquí contigo y te acabo de besar.

—¿Por qué yo?

—No lo sé. Porque sí.

—Porque sí no vale.

—Pues no te lo puedo explicar.

—Inténtalo poco a poco.

—No soy capaz.

Tampoco me es fácil contarlo ahora. Muchas veces me pregunté con él: «Tienes razón, ¿por qué tú si no puedes dar nada?». Lo cierto es que estaba encantada en aquella habitación. Me hubiese gustado conducir una furgoneta para pasear con él por el monte, por el mar… No quería lucirlo «como a un monito de feria», como de vez en cuando me soltaba entre carcajadas. Estaba orgullosa de él. Las dos veces que salimos, una a un programa de Televisión Española en Santiago y otra a un homenaje en Porto do Son, en su tierra, disfruté como nunca había hecho en una discoteca. Ramón iba delante en la furgoneta y yo, detrás en mi Corsa haciéndole señas. Entiendo que no le gustase salir, porque llegaba a casa destrozado.

Semanas después supe por qué se había hecho el remolón cuando intenté besarlo y también comprendí que, para hacer daño, no hacen falta brazos ni piernas, tampoco para amar. Me contó que en su vida había otra persona. Era Laura Palmés, de la que ya he hablado. Ramón insistía en que era una cabeza viva pegada a un cuerpo muerto; yo, en ese momento, era un corazón muerto en un cuerpo que no quería seguir con vida.

Si hubiese sabido que había otra mujer, no lo habría besado, aunque ya era tarde para evitar quererlo. Me sentí mal. Pero Ramón me hizo entender que no estaba robando nada, ya que a nadie amaba. Argumentó que se dejaba querer porque ella era feliz así y, para que quedase claro, me besó.

Meses después, sobre la primavera de 1997, decidimos casarnos. Se nos ocurrió por casualidad. Como brindábamos con café, con coñac o con vino dulce —la única bebida alcohólica que tolero—, nos dijimos que teníamos que hacerlo para celebrar nuestra unión. Y los dos solos, con nuestros corazones como testigos y vestidos como un día cualquiera, celebramos nuestra boda. Nos faltaban los anillos y se me ocurrió moldear un cable bastante consistente que había sobre la mesita de noche hasta darle forma aproximada.

—Yo me entrego a ti, Ramón, y prometo serte fiel, en la salud y en la enfermedad, en la alegría y en la tristeza, y quererte y respetarte hasta que la muerte nos separe —solté la retahíla con emoción.

—Yo me entrego a ti, Moncha, y prometo serte fiel, en la salud y en la enfermedad, en la alegría y en la tristeza, y quererte y respetarte hasta que la muerte nos separe —contestó él.

Para que Ramón me pusiese el anillo y para brindar por el enlace, tuve que hacer de contorsionista, pero tras varios intentos, lo conseguí. Ya éramos marido y mujer para querernos y respetarnos hasta que la muerte nos separase. Lo cumplimos.

Le prometí, como esposa, estar siempre a su lado, para lo bueno y para lo malo. Antes, a los pocos meses de conocernos, ya le había jurado que cuando llegase el momento en que no pudiese más —como en el caso de que enfermase— iba a ayudarle a marchar, como le gustaba referirse a la muerte.

—Pero no quieras ahora, después de que te he dicho que sí —recuerdo que le comenté, y los dos nos reímos un buen rato.

Para enderezar la relación con la familia, Ramón les decía: «Ésta es mi mujer y no tenéis que hacerle daño, es la persona que quiero, que me quiere, y la persona que me va a ayudar en el momento que sea». Creo que no se dieron cuenta de que, aunque yo iba a ser quien le prestase las manos, no lo íbamos a hacer a corto plazo. Y tenía la esperanza de que retrasase su decisión muchos, muchos años. Amé a Ramón sin pedir nada a cambio. Fue una relación espiritual, pura, buena, sana. El amor es mucho más que el sexo. Al menos, yo así lo creo.

De vez en cuando, para calibrar si el amor que sentía hacia él era de verdad o como el de otras samaritanas que iban a visitarlo para darle ganas de vivir, me tanteaba, me ponía a prueba.

—¿Me quieres de corazón o de cabeza? —me preguntaba Ramón.

—Te quiero de corazón, pero la cabeza también está ahí.

—¿Es la cabeza la que te dice que estés aquí para intentar que siga vivo?

—Estoy aquí de corazón porque te quiero como eres y como estás, pero hasta donde tú puedas luchar.

—¿Y cuando llegue el momento, no escaparás como el resto? ¿No tendrás miedo?

—De momento no, no creo. Tal como ahora pienso y te quiero, no. Sé que te voy a echar mucho de menos.

—No, no me vas a echar de menos, porque yo voy a estar ahí —me animaba.

No creo en espíritus, pero el corazón me dice que Ramón no anda muy lejos. Me prometió que al día siguiente de su marcha me enviaría una señal para indicarme cómo estaba. Se retrasó. Sucedió al tercer o cuarto día. Soñé que caminaba y venía hacia mí con unas muletas y unas piernas estropeadas. De repente se enfadó, tiró las muletas y comenzó a caminar; con piernas de mantequilla, pero caminaba.

Aunque interpreté el sueño como la señal que esperaba, con el tiempo me percaté de que Ramón no me abandonó en ningún momento para que no perdiese la calma ni la firmeza. Después de ayudarlo a morir, de participar en esa chapuza, lo lógico sería que cayese en la locura.

Pero yo, erre que erre con el sueño. Quizá porque la noche anterior había visto *Ghost*. Lloré toda la película como una plañidera, deseando que me sucediese algo parecido. Después del sueño me levanté feliz, porque Ramón ya era libre, porque, tirando las muletas que en el sueño lo amarraban, consiguió la libertad por la que tanto había luchado.

Durante mucho tiempo hablé con él y aún hoy lo hago a escondidas para que nadie piense que he perdido la chaveta. Y de noche miro al cielo y recuerdo que a mi hijo pequeño le regaló un mapa para localizarlo en los surcos del universo: «Cuando yo me marche y tengas ganas de verme, sales a la ventana y estaré guiñándote un ojo desde una estrella que en ese momento parpadee. Si está nublado, no te preocupes, será que he corrido la cortina».

Ramón se fue porque él quiso, pero a mi actual pareja —Manolo— una enfermedad le robó a su mujer con dos niños pequeños. A veces le recuerdo que su Moncha y mi Ramón están juntos allá arriba vigilando para que la vida nos trate bien. Y cuando las cosas se retuercen, también los reprendo: «Esos dos, qué poco miran por nosotros».

A veces lo echo mucho de menos. Pienso que pudimos haber pasado juntos mucho más tiempo y que le faltaban muchas cosas por enseñarme. «Mejor pasar pocos años y buenos que muchos y malos», decía.

Se estarán preguntando si volvería a hacerlo, si me arrepiento. Lo haría otra vez, aunque elegiría otro método. Es fácil preguntar y responder cuando ya no hay remedio.

Fue poco tiempo, sí, pero muy bueno. Al menos, me enseñó a mirar de frente a la muerte sin tener miedo. Él amaba muchísimo a la muerte. Ramón tenía dos novias: su Osiña y la muerte. Yo tenía que renunciar a la presencia física de Ramón para dejarlo ir con la otra, y la otra era la muerte. Me lo suplicó y no sentí celos.

Capítulo VII

NUESTRO RINCÓN

A menudo acudo al rincón de Ramón, a nuestro rincón. Y en él guardo un puñado de buenos recuerdos que me devuelven a su lado. Cuando leo la carta que escribió para mis padres, me asalta la emoción y no puedo contener las lágrimas. Son las palabras más hermosas que he leído en mi vida.

Ramón confiesa en dieciocho cuartillas, escritas a mano, nuestro amor, nuestro matrimonio y les da las gracias por haberme traído a este mundo. Entregué la carta a sus destinatarios días después de que yo hubiese contado en un programa de televisión que lo había ayudado a marchar. Reuní a toda la familia para que se diesen cuenta de que Ramón no me había engañado, para que les quedase claro que estábamos enamorados.

Mis padres no me dijeron nada, tampoco hacía falta. Me llegaba con su mirada.

Boiro, 1-11-97

Queridos Ramona Castro
e Isolino Maneiro:[3]

Si recibís esta carta, es porque vuestra hija Moncha cumplió la promesa de ayudarme a poner por amor fin a mi vida.

En primer lugar quiero que sepáis que amé a Moncha con la admiración y respeto que se puede sentir por alguien a quien consideramos respetable y digno, hasta el punto de comprometernos con ella —o él— en un pacto de mutuo apoyo moral, afectivo, material, espiritual, etc, etc.

Es decir, a casarnos —a desposarnos— con ella —o él.

¿Tenemos Moncha y yo hecho ese pacto de mutuo respeto y servidumbre? ¿De amor? Sí. Y a ese

3. La versión manuscrita de esta carta está recogida en el anexo de este libro.

compromiso se le llama socialmente estar casados. Claro que si se lleva a cabo un rito y un contrato, este pacto es considerado un santo y sagrado matrimonio, mientras que si dos personas —mujer y hombre en este caso— se hacen mutua compañía por el simple hecho de sentirse contentos —decir felices sería demasiado en nuestro caso— a menudo son linchados moralmente, tanto por la sociedad como por las mismas familias.

Sé de las tiranteces y reproches que hubo por causa de la relación afectiva de Moncha conmigo —y yo con ella— tanto por vuestra parte como de mi familia —unos por unos motivos y otros por otro—, pero si a ella le agradaba mi compañía y yo no podía hacer otra cosa que estar donde estaba, sólo quedaba esperar una solución mientras seguíamos hablando del sentido de la vida, del amor y de la muerte —y de la dignidad.

Claro que a mí —lo mismo que a Moncha— también me parecía mal el tener que dejar demasiado tiempo solos a los hijos. Pero yo también sabía de otras cosas que me hacían entender la necesidad que tenía Moncha de sentirse verdaderamente querida —y comprendida.

Claro que había —y hay— muchas personas

que la quieren, pero yo —o lo que yo representase para ella— era su necesidad vital.

Sí se podría decir: ¿y a qué va adonde ese ser si realmente no le sirve para nada?

Pero... ¿hubiera sido mejor otro? Os pregunto yo. Es posible que sí económicamente, pero que le diese más afecto, cariño y ternura, no.

No sabéis cuantas vueltas le di a la idea de que su acto pudiera causaros algún sufrimiento debido a la maledicencia de las gentes, así como de posibles perjuicios derivados de un proceso judicial —es decir, de una venganza judicial—. Pero el compromiso afectivo es entre yo y ella. Si no lo pudieran entender, pensad en el asunto como algo entre una esposa y su marido —yo así lo creo.

Nosotros también pensamos en las consecuencias que nuestro acto puede tener para los demás —hijos y familia—, pero si pensamos que haríamos lo mismo por el hijo, el padre, la madre, el hermano o el amigo; así como nos gustaría que los demás nos prestasen la ayuda que de ellos solicitásemos con la finalidad de librarnos de sufrimientos inútiles, a pesar de las posibles consecuencias, creemos que debemos hacer aquello que en conciencia debemos —ayudarnos mutuamente—. Si nuestro acto tuviese consecuencias negativas para vosotros o para vuestra familia, os rogamos que no cometáis el error de culpabilizar a vuestra hija, sino a aquellos que la condenen o castiguen por librar del infierno a su marido.

Moncha hizo por mí lo mismo que yo hubiese hecho por ella. Esto podría parecer que yo utilicé a alguien querido para mis propios fines. Nada más lejos de mi intención, la verdad es que creo en el amor más que en la ley. —Y vuestra hija —que es moralmente mi esposa— también.

Le podéis reprochar su conducta —considerándola una inconsciente, o sentiros orgullosos de ella—, eso dependerá de vuestro modo de entender el amor humano, y del respeto por las decisiones libremente tomadas por alguien a quien paristeis. Puede que esas decisiones no coincidan con las que vosotros creéis convenientes para su felicidad o bienestar —familiar y personal— pero fueron las suyas y espero que vosotros os sintáis orgullosos de ellas. Espero que no seáis otros jueces como religiosos o políticos. Yo tengo miedo por las posibles venganzas, pero si no nos liberamos de los miedos seremos eternamente esclavos de él.

Decía que Moncha cumplió su promesa, porque

desde el momento en que nos comprometimos afectivamente me dijo que me serviría en todo cuanto de ella necesitase. Lo mismo le prometí yo a ella, claro, ¡en esa servidumbre mutua el único juez es nuestra conciencia de dos seres comprometidos en el amor!

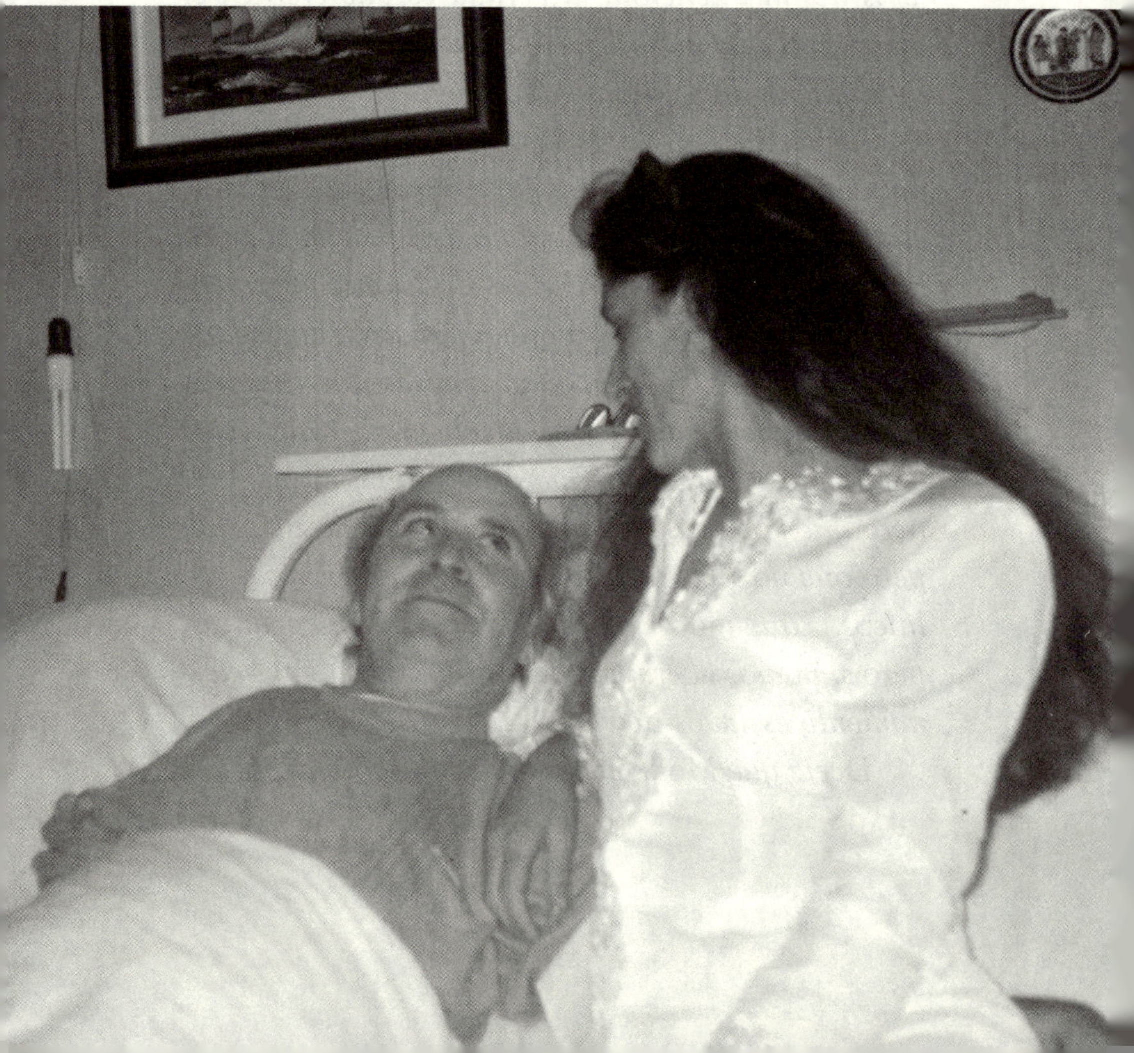

Por diferentes motivos, yo llegué al límite de lo humanamente soportable. Mi esposa —e hija vuestra— cumplió su promesa, ¡gracias por haberla parido!

Repito: si hay consecuencias —perjuicios— para su familia —hijos— o para la vuestra o para vosotros, los verdugos responsables son otros, no ella o yo.

Perdonad que no os dijéramos lo que pensábamos llevar a cabo, ni nuestro compromiso de matrimonio. Dicen que hay un tiempo para todo bajo el sol. En este caso, creemos que el tiempo de conocer es después de los hechos consumados. ¿Por qué?

Porque los miedos hubiesen tratado de impedirnos a toda costa obrar en conciencia.

Sé de vuestra amabilidad para conmigo. Me sentí bien recibido y cariñosamente tratado. Espero que ese recuerdo perdure para siempre en vuestros corazones. ¡Adondequiera que se vayan los que se marchan yo siempre os llevaré en el mío!

Con todo mi cariño y respeto, permitidme deciros que os amé a través de Moncha.

RAMÓN SAMPEDRO CAMEÁN

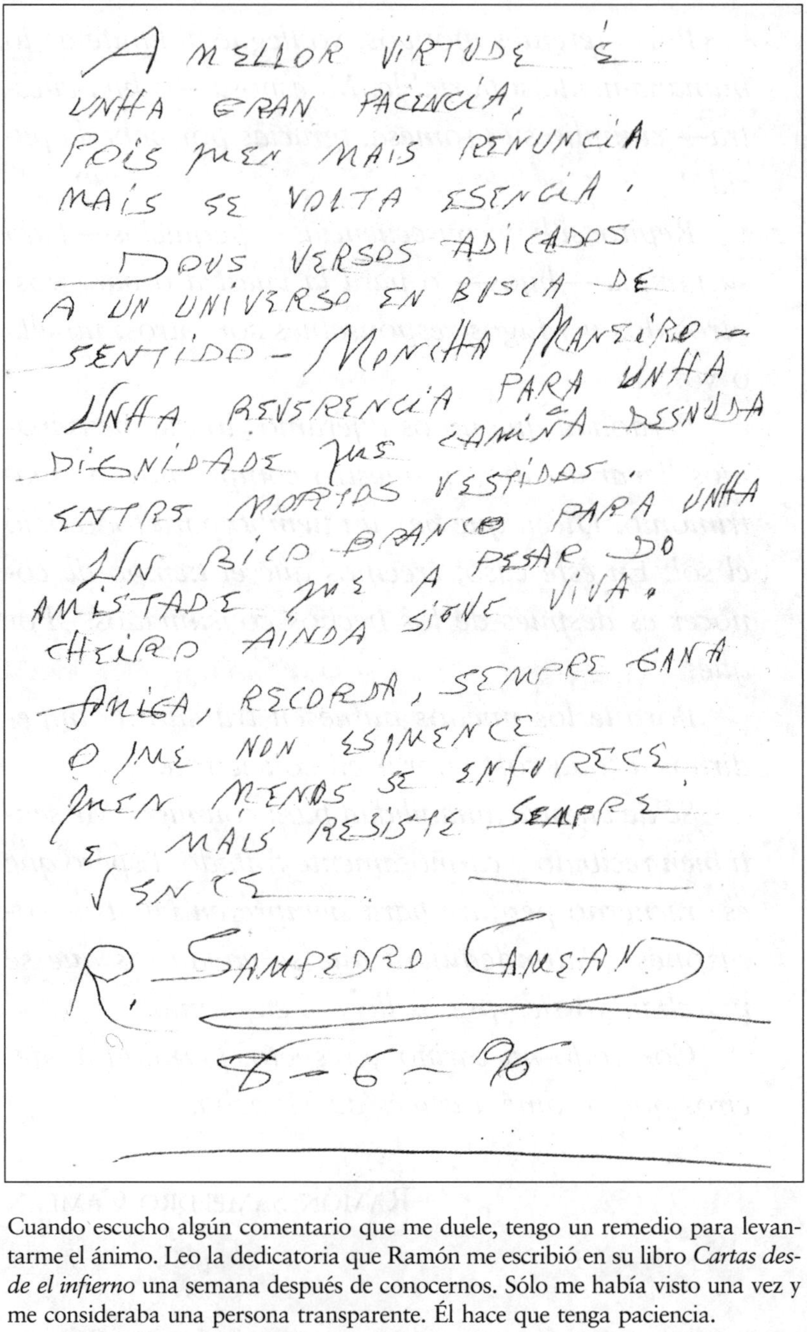

A MELLOR VIRTUDE É
UNHA GRAN PACIENCIA,
POIS QUEN MAIS RENUNCIA
MAIS SE VOLTA ESENCIA.
DOUS VERSOS ADICADOS
A UN UNIVERSO EN BUSCA DE
SENTIDO - MONCHA MANEIRO -
UNHA REVERENCIA PARA UNHA
DIGNIDADE QUE CAMIÑA DESNUDA
ENTRE MORTOS VESTIDOS.
UN BICO BRANCO PARA UNHA
AMISTADE QUE A PESAR DO
CHEIRO AINDA SIGUE VIVA.
AMIGA, RECORDA, SEMPRE GANA
O QUE NON ESIXENCE
QUEN MENOS SE ENFURECE.
E MAIS RESISTE SEMPRE
VENCE
R. SAMPEDRO CAMEÁN
8-6-96

Cuando escucho algún comentario que me duele, tengo un remedio para levantarme el ánimo. Leo la dedicatoria que Ramón me escribió en su libro *Cartas desde el infierno* una semana después de conocernos. Sólo me había visto una vez y me consideraba una persona transparente. Él hace que tenga paciencia.

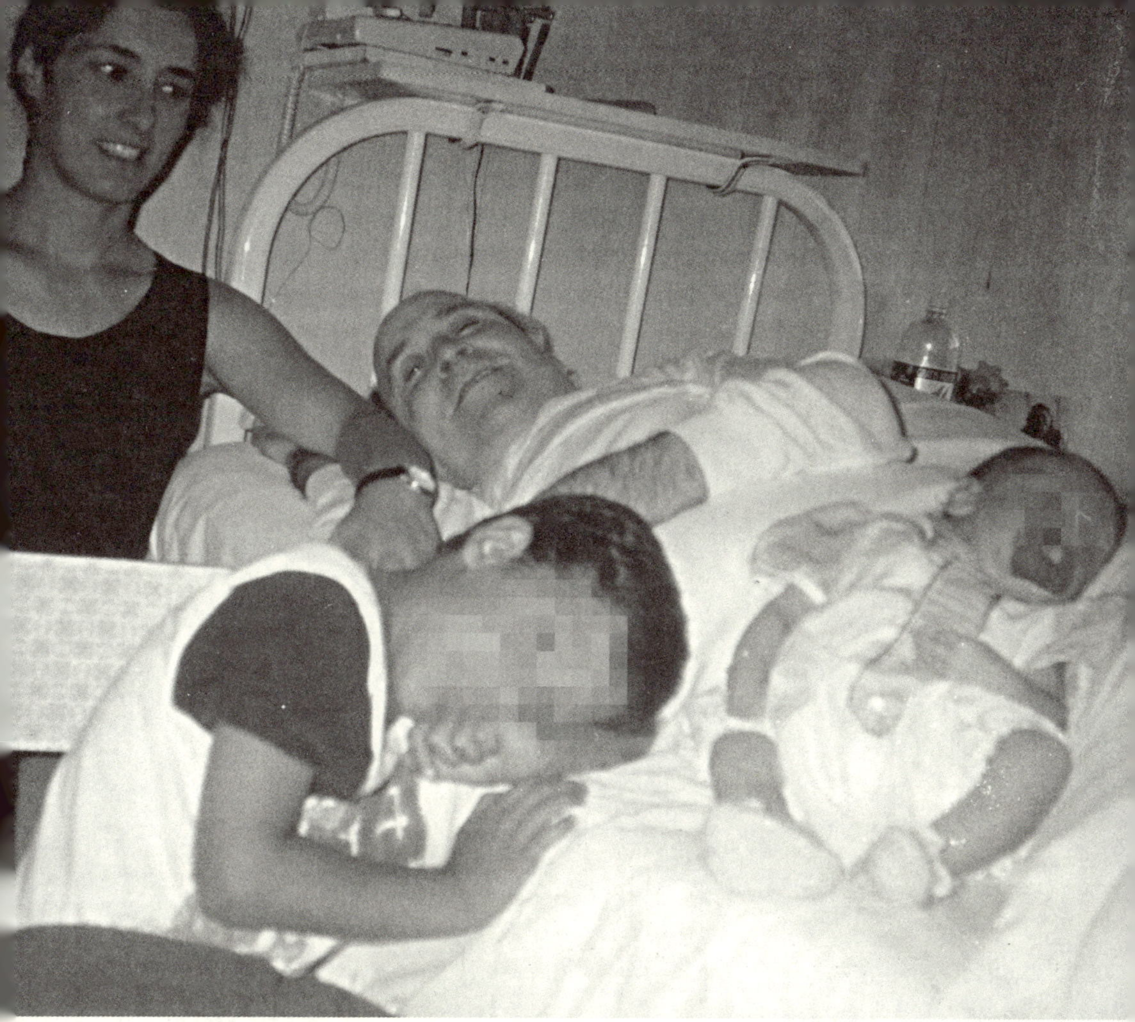

Desde siempre me ha gustado hacer fotografías. Acababa de conocer a Ramón cuando le presenté a Richi, mi hijo, y a Sami, mi nieto, quien había nacido el 21 julio de 1997. A Ramón le extrañaba que los niños no se asustasen ni llorasen al verlo. Consideraba que todos los niños eran sus hijos. Hubiese sido el mejor de los padres posibles.

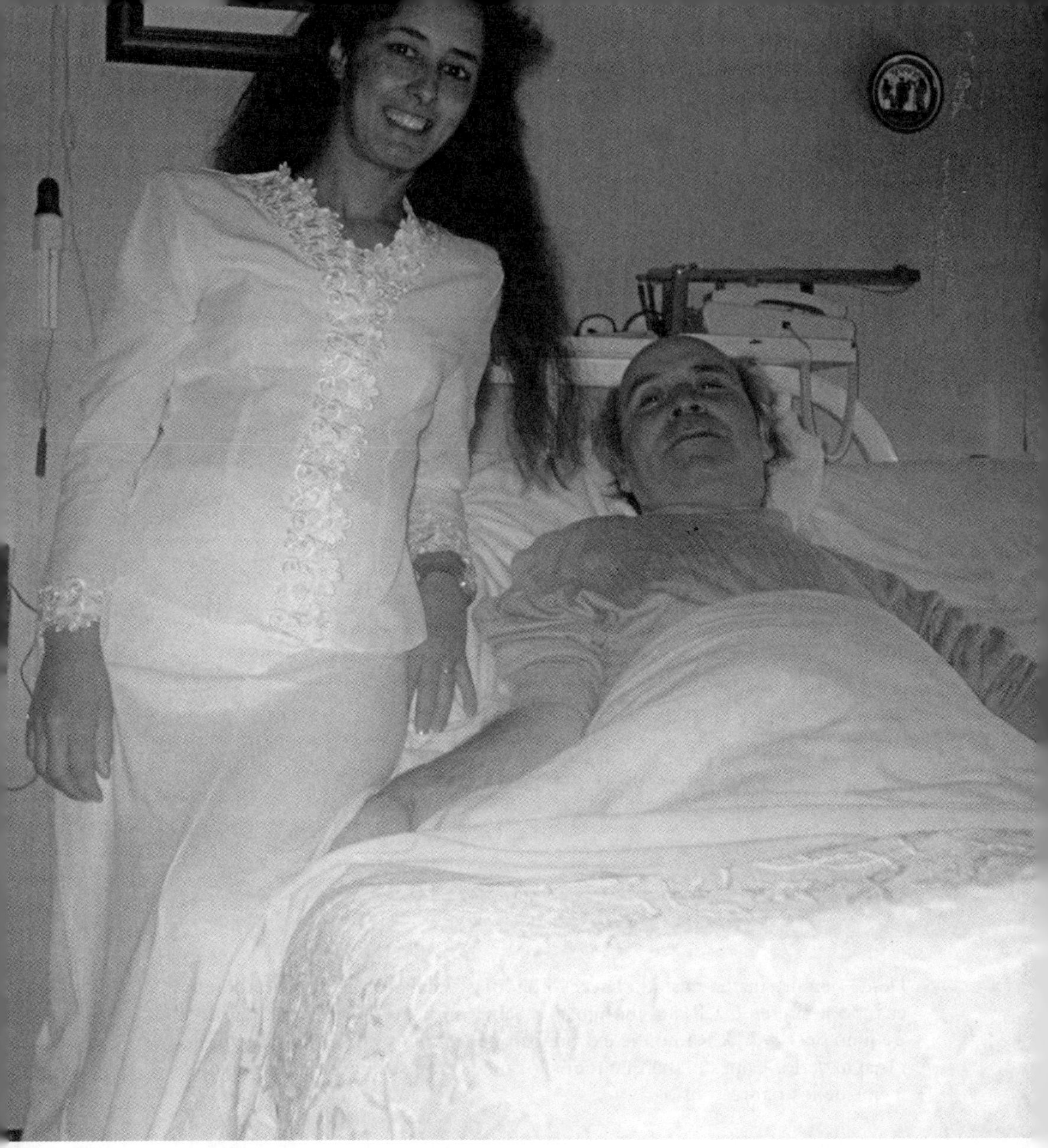

Cuando veo esta fotografía, me doy cuenta de que parecemos dos novios. Coincidió que ese día yo iba vestida de blanco. Precisamente el día que nos «casamos» y declaramos nuestro amor para siempre, iba vestida normal. A Ramón le gustaba que llevase prendas desenfadadas. Si me acercaba a la ventana, me reprochaba en broma las transparencias. Éramos dos tortolitos viviendo una hermosa historia de amor.

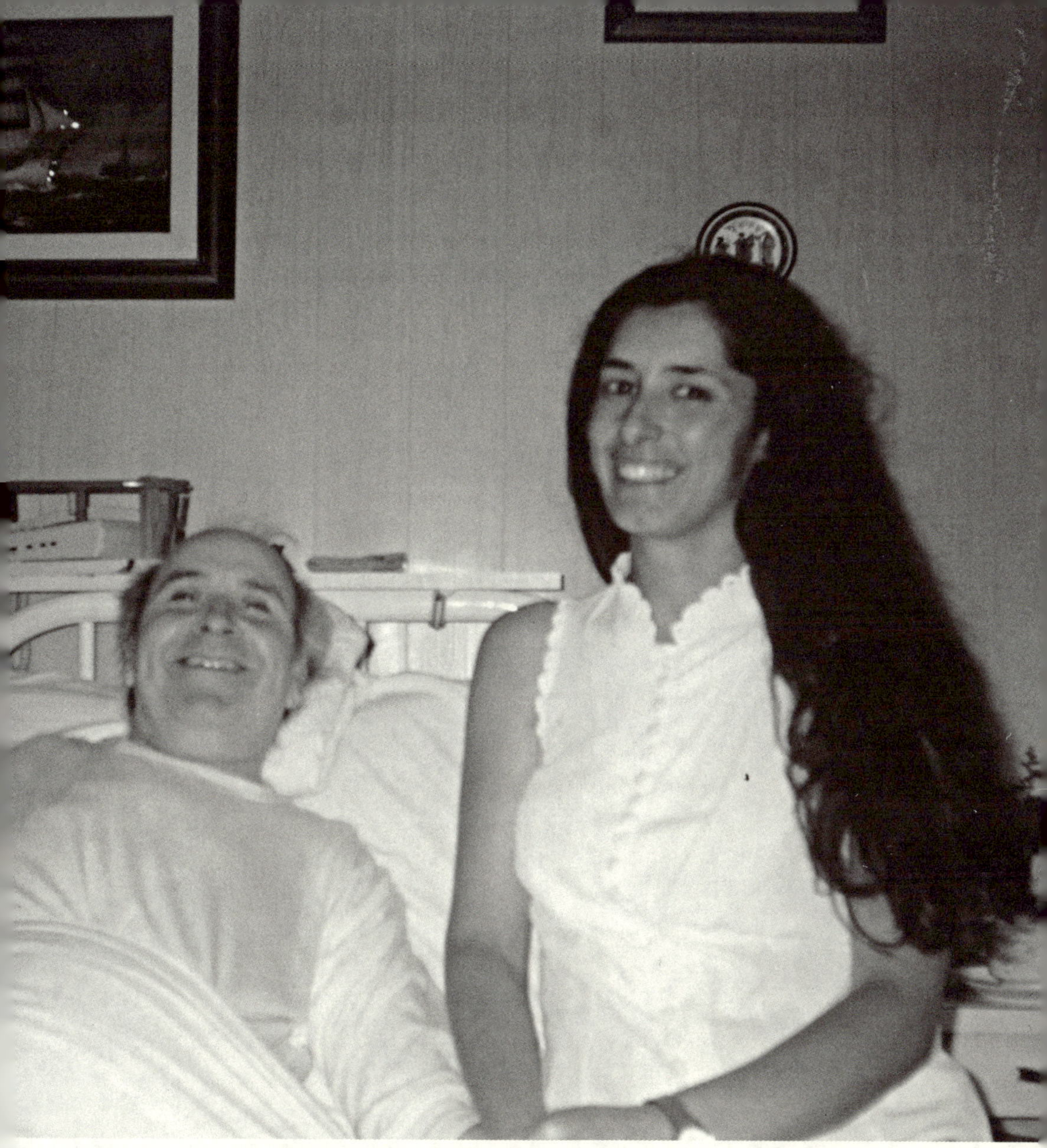

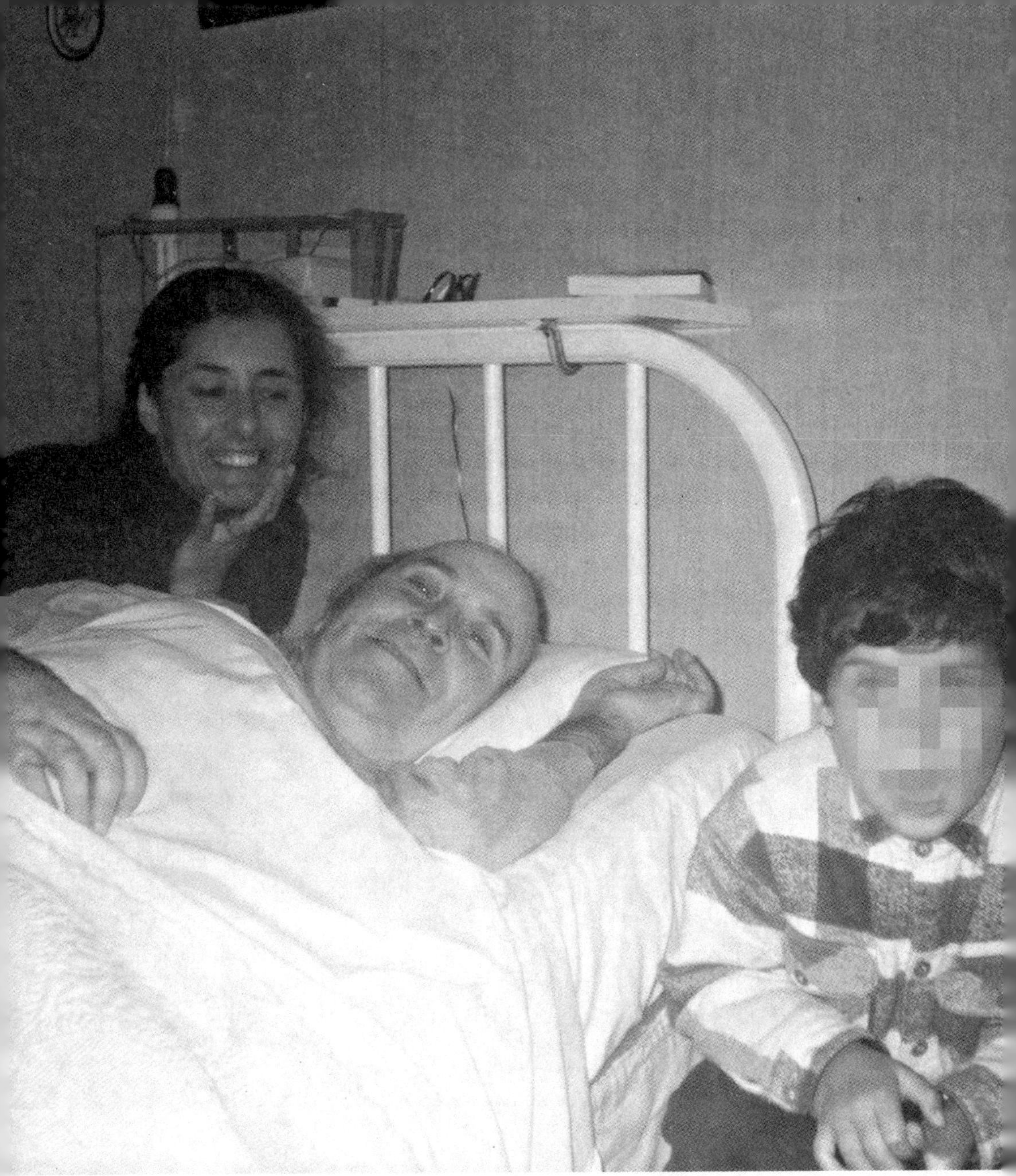

A Richi le encantaba que lo llevase a Xuño a ver a Ramón. Mi hijo se tiraba de cabeza al agua desde lo alto de las rocas y Ramón le avisaba de que tuviese cuidado porque él había hecho lo mismo y se había quedado postrado en una cama. Richi se sigue tirando al mar de cabeza, pero antes me tranquiliza: «Mamá, que recuerdo lo que me decía Ramón».

En Radio Rianxo fui feliz durante las dos temporadas que estuve. Tenía un programa en el que pinchaba música y los oyentes hacían peticiones. Conocí a gente maravillosa como a Rosa, quien me presentó a Ramón, o a Manuela, una señora que se quedó ciega después de mirar fijamente las estrellas. Ramón nunca consiguió escuchar mi programa.

Teníamos que ir a la conservera pese a que La Onza de Oro estaba a punto de cerrar. No hacíamos nada, pasábamos el tiempo y calcetábamos. En esta foto estamos Maruja, una gran amiga, y yo, a la hora del bocadillo. Las bolsas de la calceta las teníamos al lado. Menos mal que había aprendido de niña con espinas de atún.

Cuando cerró la conservera, 225 personas nos quedamos en la calle sin saber qué hacer. Fueron tiempos muy duros, pero aprendí que la amistad está por encima de todos los problemas. Ramón escuchaba con paciencia mis quejas, me prestaba su hombro e intentaba consolarme. Muchas llevábamos más de veinte años trabajando en La Onza de Oro.

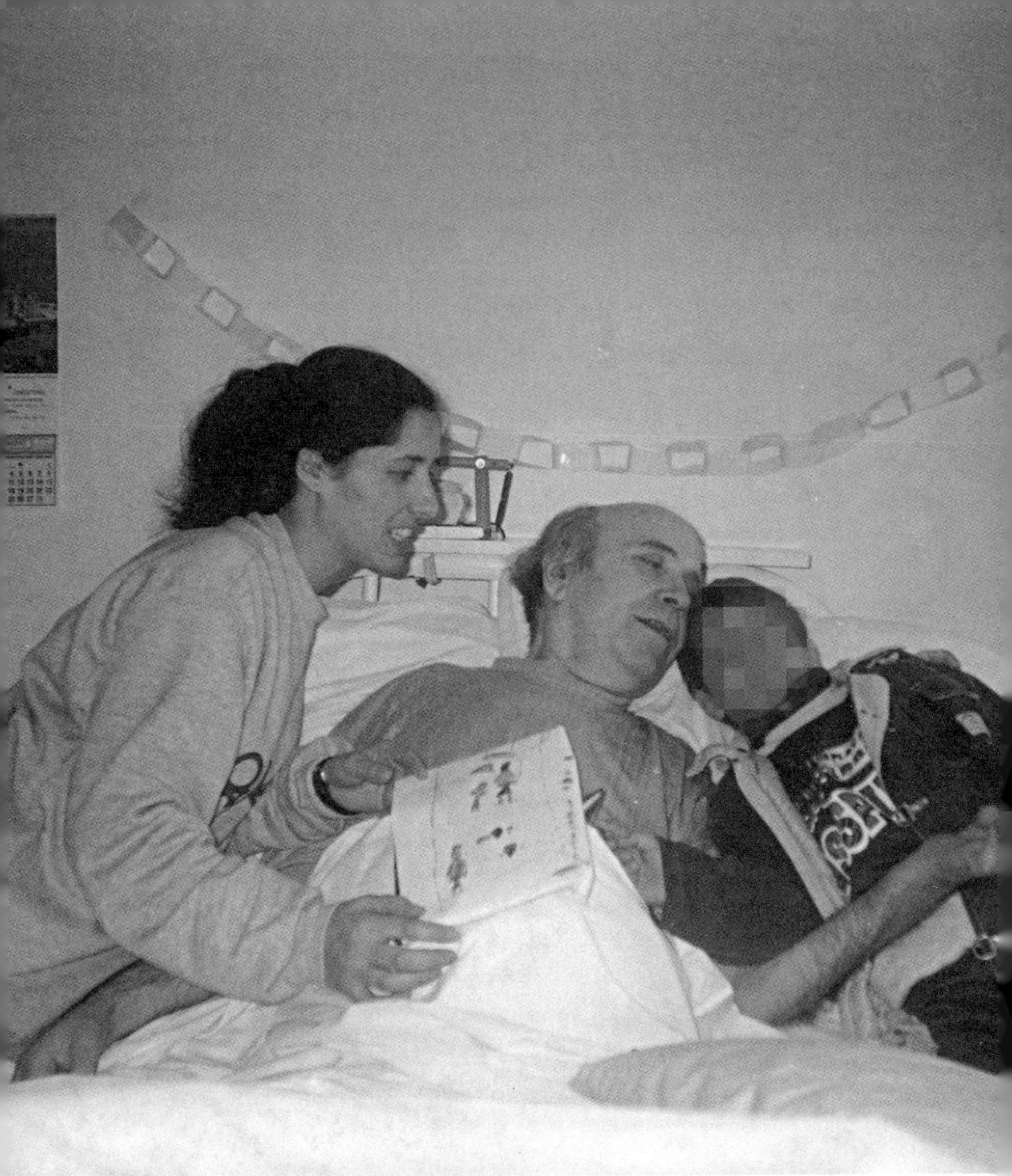

Lo que más siento es que la conservera me robase un tiempo que podía dedicar a Ramón. En el piso de Boiro fuimos una pareja feliz, porque llevábamos unos tres meses sin vernos por los problemas con su familia. Ramón le hacía dibujos a Richi y le contaba historias increíbles de sus viajes por el mundo.

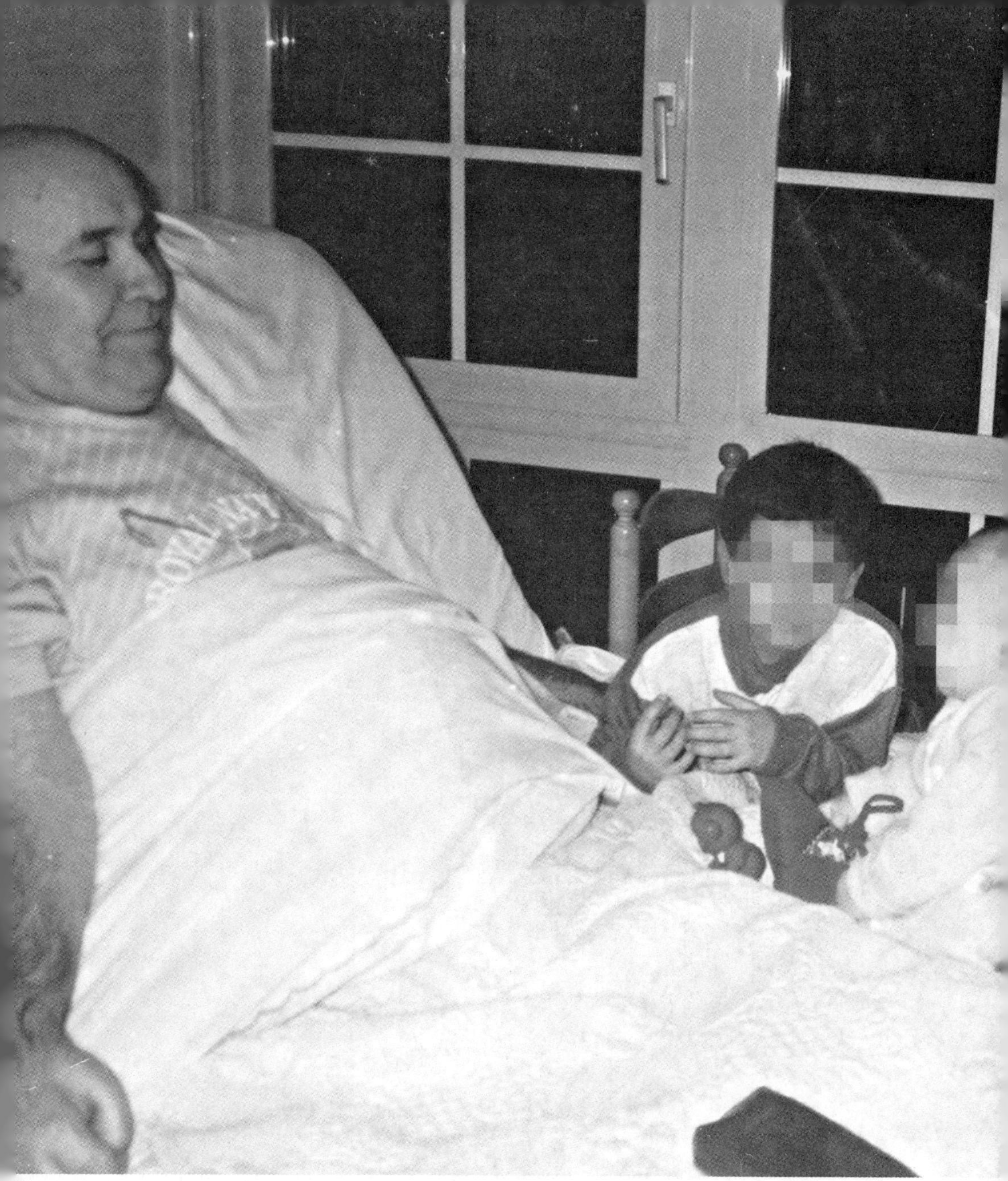

Sami, mi nieto, está muy orgulloso de haber conocido a Ramón. Dice que se acuerda mucho de él y a todo el mundo le cuenta que «era amigo de Ramón» y que estuvo en su regazo. A mí me hace gracia, porque es imposible que un bebé se acuerde de las conversaciones, pero no hay quien le quite la razón.

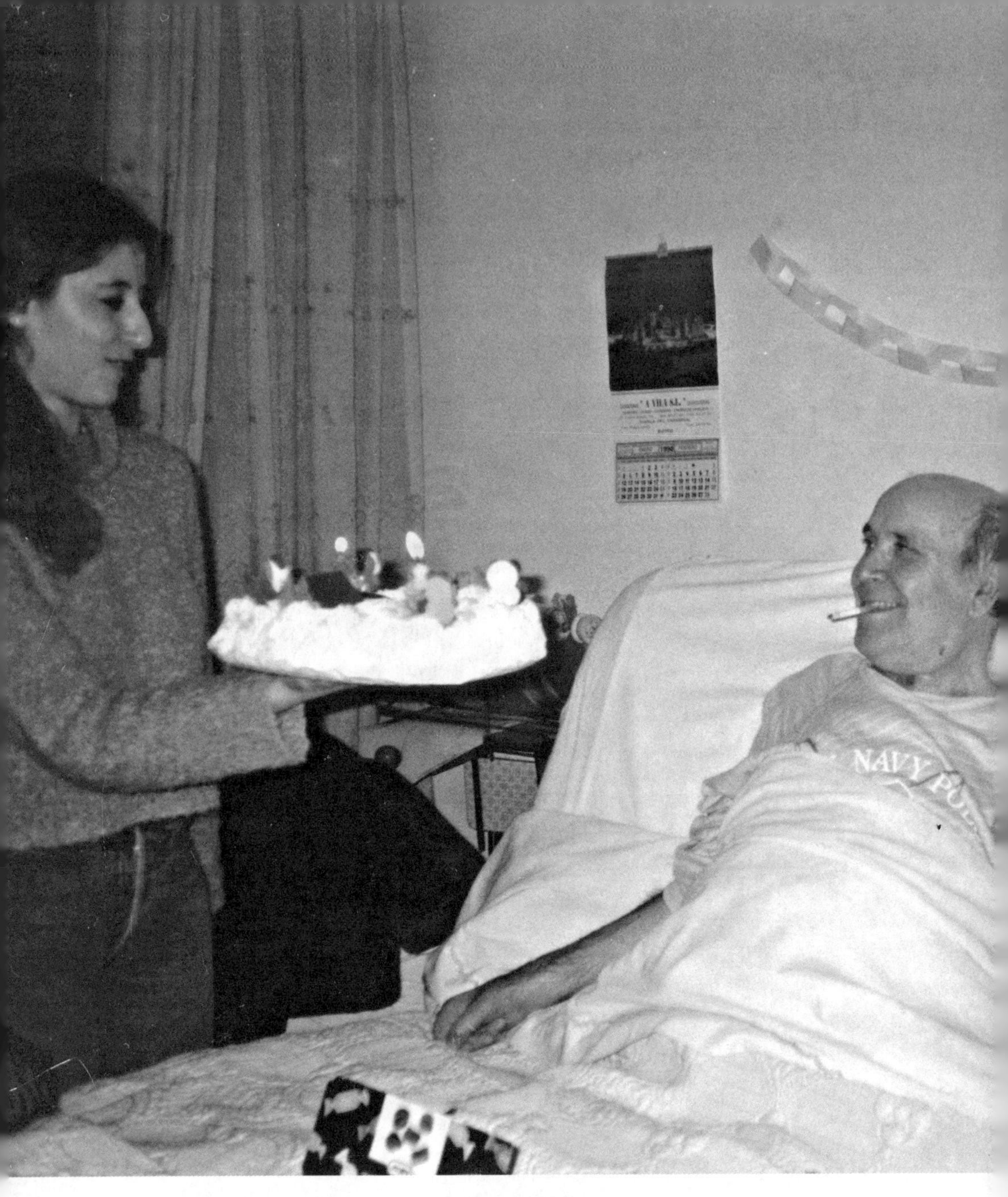

Mi hermana Lupe, Doña, como la llamaba Ramón, le preparó el 5 de enero una fiesta sorpresa por su cumpleaños. Doña tenía miedo de que se enfadase, porque no le gustaban las celebraciones. Ya se ve en su cara lo mucho que le disgustó la fiesta. Esta fotografía fue tomada una semana antes de que decidiese marcharse.

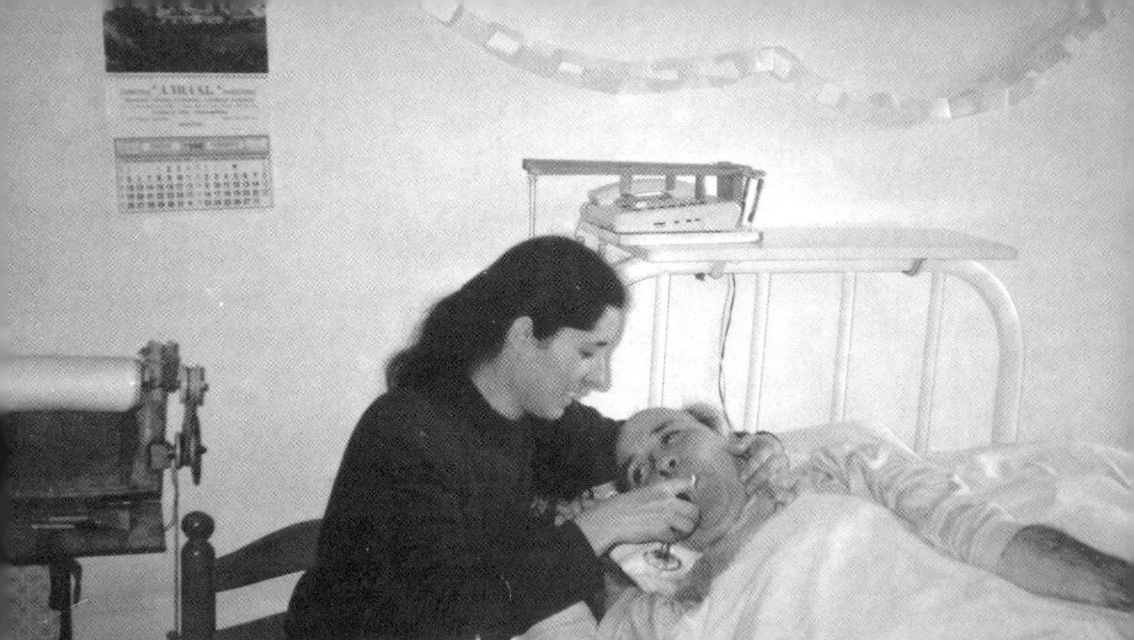

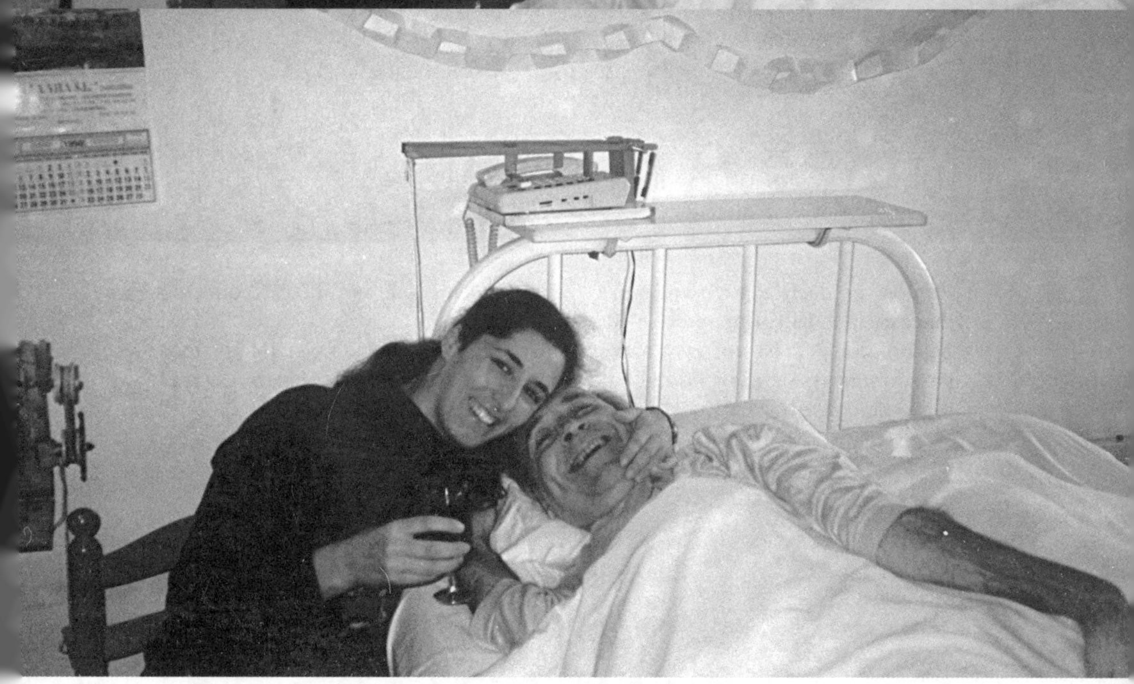

Ramón tenía muchas ganas de probar el albariño Gran Bazán botella ámbar. Juan, la pareja de Lupe, se la trajo una tarde y la descorchamos. No quedó ni una gota, incluso Ramón pedía a Juan que le diese de beber por la botella para aprovechar hasta la última lágrima. Cuando escucho a la familia de Ramón contar que lo tenía desatendido, le echo otro vistazo a las fotografías y me encuentro con la sonrisa de Ramón, que me dice lo contrario.

Ramón me decía que yo vivía en el paraíso. Siento que no hubiese conocido mi casa de A Ribeiriña, pero le enseñé esta y otras fotografías tiradas desde el balcón, donde salía por las noches para recrear con él la tarde que habíamos pasado juntos. Sigo saliendo al balcón para mirar al cielo, encontrarme con él y pedirle consejos.

Capítulo VIII
LA VIDA SIN RAMÓN

Llegué al coche con los guantes de látex puestos. Me di cuenta al abrir el maletero para dejar la bolsa con la cámara y las cintas de vídeo. Ya no había más vueltas que darle, acababa de ayudar a morir a Ramón. Ella había ganado, la muerte me lo había arrebatado. Estaba tranquila porque había hecho lo que mi amor me había pedido. También un poco triste. Había imaginado que la muerte de Ramón sería como el gusto que deja la última de las tres tazas de té que toman los moros cuando se sientan a charlar con tranquilidad en la *haima*: dicen que el primero es amargo como la vida; el segundo, suave como el amor y el tercero, dulce como la muerte.

Encendí el coche. En la calle no había nadie. El silencio de la noche se rompió por la tiritona del motor frío. Recorrí sin prisa los tres kilómetros aproximados que separan la última morada de Ramón de mi casa en A Ribeiriña. Tomé la carretera del paseo marítimo para no perder de vista la playa, para no alejarme del mar, para continuar cerca de Ramón. Él quería ser incinerado y que sus cenizas se esparciesen por tres sitios: en el pico A Curota, en el mar y en la playa que baña mi casa. En el mar veo los ojos de Ramón como en sus pupilas veía la profundidad del Atlántico.

Serían las tres de la madrugada, quizá algo más tarde, qué más daba. En lo único que pensaba era en que tendría que acostumbrarme a vivir sin la persona que había compartido mis ilusiones y mis decepciones durante los dos últimos años, mi compañero. El tiempo me demostró que estaba equivocada. Nunca antes lo había tenido tan presente.

Llegué a casa y me metí en la cama sin hacer ruido. Nadie se enteró de mi ausencia. Respiré aliviada porque, como decía Ramón, cuanto menos supiesen menos tendrían que contar. No fui capaz de pegar ojo en lo que quedaba de noche y esperé a la mañana para seguir los pasos que me había pedido Ramón. Era sencillo. Como un lunes cualquiera, acudiría al trabajo en la conservera y aguardaría a que mi hermana se encontrase con su cadáver. Ella me telefonearía con el susto en el cuerpo y yo fingiría sorpresa por la noticia. Le indicaría que llamase al médico de Ramón o a la policía y cuando acabase la jornada, yo subiría al pico de A Curota para dejar detrás del cruceiro de la Santa de Moldes la bolsa con la cámara y las cintas de vídeo en las que estaba grabada su muerte y una declaración para que la justicia no buscase culpables, porque lo tenía delante. Alguien se encargaría de recoger el paquete cuando yo me hubiese marchado. Ahí acabaría el papel que Ramón me había asignado.

Me levanté un poco antes de las ocho de la mañana. Estaba preparando los desayunos cuando me sorprendió la llamada de Lupe, porque me la esperaba un poco más tarde.

Juan, su pareja, comenzaba el turno en el bar a las once de la mañana, excepto los lunes, que le tocaba abrir a las ocho. A Lupe le parecían muy lúgubres los alrededores del piso que alquilaron cuando Ramón —literalmente— «los echó» unos días antes. Decidió levantarse con Juan para no tener que salir sola de casa más tarde. La idea le pareció estupenda, porque así evitaba pasar miedo y además, podía planchar y adelantar trabajo hasta que Ramón se despertara. Juan la dejó en la puerta del piso como un día cualquiera y Doña subió sin la mínima sospecha de lo que se iba a encontrar. Abrió la puerta de la entrada a la vivienda, que yo había dejado cerrada, y dijo «hola» muy bajito. Como Ramón no le contestaba, repitió: «Hola, soy yo». No quería que su saludo lo despertase, pero intuyó que los ruidos de las tareas lo podrían asustar. Pensó en meterse en la habitación para hacer la cama que había dejado deshecha la tarde anterior después de dormir la siesta. Pudo haber pasado media mañana dando vueltas por la casa o acostarse porque era temprano, pero algo la obligó a ir a la cocina para comprobar que Ramón dormía plácidamente.

Eran entre las siete y media y las ocho de la mañana. Ramón no estaba despierto, porque ya hubiese silbado. Además, la saludaba desde el salón nada más escuchaba el ruido de las llaves en la cerradura. Abrió la puerta de la cocina muy despacio para no despertarlo. Asomó la cabeza, las luces de las farolas de la calle iluminaban la estancia y le chocó la postura de Ramón, que no estaba acostado, y el atril en el medio de la cocina. La noche anterior se había ofrecido a quedarse media hora más para acostarlo, pero Ramón le contestó que no hacía falta, que ya lo hacía yo. En su cabeza saltó una alarma, algo pasaba. Apretó el interruptor de la luz y no fue capaz de apartar el dedo. Vio a Ramón y salió de allí disparada. No sabía qué hacer ni adónde ir. En el ascensor se le ocurrió telefonear a Juan para que la aconsejase.

—Juan, ven a buscarme —le pidió con voz apresurada, desde una cabina cercana.

—¿Pero qué pasa?

—Que me vengas a buscar, Ramón está muerto.

—¡Cómo que está muerto?

—Está muerto, muerto de muerto.

—¿Pero estás segura?

—Está muerto, estoy segura. Te digo que me vengas a buscar; por Dios, sácame de aquí.

Se quedó en la cabina hasta que Juan acudió al rescate. Le preguntó qué había sucedido, pero lo único que sabía era que estaba muerto. Se fueron al bar sin saber qué hacer. En ese momento Lupe se dio cuenta de que en el atril había algo escrito, aunque no se había acercado para leerlo. Se tomó un par de tilas mientras decidía los pasos que iba a dar. Lupe no quería volver sola, porque le tiene mucho respeto a los muertos. Entonces me llamó desde el bar. No sabía cómo contármelo, quería suavizar la noticia para evitarme el mal trago.

—Madrina, te tengo que decir una cosa —me dijo.

—¿Qué pasa?

—Que Ramón consiguió lo que quería, se marchó.

—¿Cómo?

—Ramón está muerto —me explicó.

—Era lo que él quería —le contesté, impostando voz de sorpresa.

—¿Pero qué hago?

—No lo sé.

—Pues yo tampoco, seguro que tengo que hacer algo, pero no sé el qué. En el atril había algo escrito, pero no lo leí.

—Pues llama a la policía o a la Guardia Civil.

—Pero no puedo llamarlos sin leer antes los escritos, porque quizá Ramón me pida en ellos que haga algo —pensó en voz alta. Lupe pasaba muchas horas con él y era consciente de que tenía muchas ganas de marcharse.

—Voy a llamar a su médico —me comunicó. Me pareció bien. Yo me tenía que ir a la conservera, pues aunque no cobrábamos ni teníamos nada que hacer, tampoco podíamos ausentarnos, porque podíamos ser despedidas sin ser indemnizadas. Íbamos a calcetar, a hacer el parvo, a desperdiciar el tiempo aunque, a cambio, crecía nuestra amistad, porque peleábamos por nuestro trabajo.

Lupe se tomó otra tila y, cuando se vio con fuerzas, contactó con Carlos Peón, el médico de Ramón. Le contó lo que le había sucedido y también que había visto unos escritos en el atril. Estaba desconcertada. El médico le recomendó que subiese al piso y que leyese los papeles. Pero Lupe no quería volver sola y Juan no podía cerrar el bar, porque corría el riesgo de perder el empleo.

El médico, que, como tal, estaba curado de espantos, se apiadó de sus miedos y se ofreció a acompañarla. No sé si Carlos Peón lo sabía, pero en la carta de despedida que Ramón dejó a su familia daba instrucciones precisas: si su médico podía certificar que había sido muerte natural, tenían que destruir la misiva y pasar página; si, por cualquier circunstancia, le hacían la autopsia, entonces tenían que mostrar la carta para que nadie se viese involucrado en un «juicio absurdo».

Lupe y el médico se citaron en la puerta para entrar los dos en el piso donde yacía el cuerpo sin vida de Ramón. Ella llegó antes y lo esperó angustiada dentro del coche. Mientras, yo me fui a trabajar a la conservera. Estaba tranquila, porque Ramón, sin darme cuenta, permanecía a mi lado. Puede parecer extraño, pero es la única razón que encuentro para explicar la serenidad que mantuve en todo momento.

Entraron en la casa y se dirigieron al salón. El médico se acercó a la cama para certificar que Ramón había fallecido y Lupe cogió las dos cartas que había en el atril. Eran las dos para ella y las leyó. En una le decía —según lo que recuerda, porque no la volvió a leer— que no tocase nada, que llamase a la policía o a su médico y que lo despidiese de Juan, porque, como podía comprobar, había emprendido su viaje. Había cumplido la voluntad de Ramón sin saberlo, porque nada había tocado al salir corriendo por miedo y por miedo, también había avisado al médico. Además, le indicaba que le dejaba ciento setenta mil pesetas en el escondite de siempre y el uso que debía hacer del dinero: tenía que cobrarse su sueldo y pagarle al dueño del piso las facturas de la luz y del gas. La voluntad de Ramón no se cumplió, y eso que lo dejó por escrito. No me consta que Lupe percibiera su salario ni que al dueño del piso le fueran abonadas las facturas que le adeudaba. Ese dinero llegó al juzgado y la autoridad correspondiente lo entregó a la familia.

En la segunda carta, encabezada con «Lupe, ésta es sólo para ti», Ramón le escribió: «Cuida a Moncha y si te sobra dinero, hazle un regalo; cómprale los Reyes a Richi y a Inés, la cinta de los Backstreet Boys». Añadía algo más, pero no lo recuerda, y eso que pasó varios minutos intentando memorizarla. Pudo haber guardado la carta en el bolso, pero le entró pánico por si se la encontraba la policía. Al estar mi nombre escrito, pensó que si la familia se enteraba pondría el grito en el cielo. Dudaba entre guardarla o destruirla. Creía que tenía que conservarla, porque en la carta ponía que era sólo para ella. Mientras se debatía entre quedársela o eliminarla, la repasó varias veces para poder recordar hasta las comas. La guardó en el bolsillo, pero al momento imaginó que la policía la registraría y, al encontrarle el documento, le preguntaría por qué lo había tocado. La otra alternativa era quemarla. Cobró fuerza, como mal menor, esta opción. Ya la tenía archivada en la memoria y, como era sólo para ella, nadie tenía por qué conocer la existencia de la misiva y mucho menos el contenido. La intentó quemar en el fregadero, pero como no se consumió del todo, tiró lo que quedaba a la basura. Y el cubo de la basura fue lo primero que registró la policía. Allí estaban los restos de la carta con una parte legible. Aún hoy Lupe se reprocha su ingenuidad. Con un poco de sentido común no hubiese metido la pata. Sólo tenía que recordar cualquier película de policías y ladrones para saber que la basura es lo primero que se mira. La tensión le jugó una mala pasada. Es comprensible. Lo que es incomprensible es que apareciese en los medios de comunicación, al igual que la fotografía de Ramón muerto. Pero ésa es otra historia. A cada uno lo juzgará su conciencia.

Mientras Lupe decidía qué hacer con la carta, el médico de Ramón ya había comprobado que estaba muerto y telefoneó para ponerlo en conocimiento de las autoridades. Realizó primero una llamada para informarse de si el asunto era competencia de la Guardia Civil o de la Policía Municipal. Llamó al cuartel de la Guardia Civil y esperaron a que llegasen.

El médico le preguntó a Lupe si no se iba a despedir de Ramón. Lo dudó, porque no contaba con que estuviese tan desfigurado, según me contó. No sé qué cara pensaba que le queda a los muertos. Ella, por las ganas que Ramón tenía de marcharse, se había imaginado que tendría una sonrisa de oreja a oreja y que estaría haciendo un corte de mangas a los políticos, a los jueces y a los curas. «Mira que igual te arrepientes cuando ya no tenga remedio», le aconsejó el galeno para animarla. Y Doña besó a Ramón por última vez.

Acudió al piso una pareja de la Guardia Civil que, al encontrarse con el petate, no sabía dónde meterse ni mucho menos qué hacer. Boiro es buena plaza, porque no suele pasar gran cosa y los sobresaltos ocurren muy de tarde en tarde. Telefonearon al sargento, quien acudió de inmediato a la llamada de socorro. Conocía a

Lupe desde su etapa como voluntaria en la Cruz Roja. En realidad, en la península del Barbanza casi todo el mundo podía dar buenas referencias de ella porque en aquellos tiempos todavía chocaba que una mujer se metiese en esos berenjenales.

El sargento preguntó qué había pasado y Lupe declaró que se había encontrado a Ramón muerto. Le mandaron salir de la habitación y avisaron a la familia. El piso comenzó a llenarse de gente, con uniforme, sin uniforme...

Al rato, aunque Lupe no recuerda cuánto tiempo pudo pasar, llegaron José, el hermano de Ramón, y Manola, la sobrina.

Cuando José entró en la habitación y vio el cuerpo de Ramón sin vida, me imagino que se puso a dar gritos desesperado, pues había perdido a su querido hermano, también me imagino que me acusó directamente como responsable de su muerte, pues yo, como me esperaba, tenía todas las papeletas para que me pusieran en el punto de mira de la justicia y de los medios de comunicación. Si me había acusado, no era una gran sorpresa. Yo le había comentado a Ramón días antes que, si se marchaba tan pronto, alguien podía sospechar que yo le había prestado la ayuda que él necesitaba. «Lo van a pensar de todas formas», me respondió. Se cumplió su pronóstico, aunque horas antes de beber el cianuro de potasio me tranquilizó confesándome que había hablado con su hermano y éste se había comprometido a que nunca se metería conmigo.

Después de que José pronunciase esas dos palabras, a Lupe le preguntaron por mi paradero.

—Estará trabajando —respondió.

—¿Y dónde trabaja?

—En La Onza de Oro.

—¿Te puedes poner en contacto con ella?

—Está en la fábrica y ahora mismo no puedo.

Le preguntaron si echaba algo en falta o si notaba algo extraño. Contestó que faltaba la cámara de vídeo y que lo único raro es que el atril no estaba en el sitio de siempre, sino que se lo encontró en el centro del salón. A continuación se interesaron por las personas que tenían llaves de la vivienda. Lupe no lo sabía con exactitud, yo tampoco. Ramón tenía una caja con un montón de juegos de llaves que fue repartiendo poco a poco y el día que decidió marcharse, no quedaba ninguno.

Tras el primer interrogatorio, una persona bondadosa que Lupe recordará siempre con gratitud la cobijó en la habitación para preguntarle si era consciente del embrollo en el que se había metido. Lo era, pero no podía hacer nada por evitarlo. Acudió como todos los días a su trabajo y se encontró con el marrón. Esa misma persona la tranquilizó, porque el hermano de Ramón me había señalado y podía haber un cambio de sospechoso. Cabeza por cabeza.

José, el hermano, comentó en voz alta que esa misma noche había recibido una llamada avisándole de que Ramón iba a liberarse de su sufrimiento. Lupe se enteró por José de que antes de sorber el cianuro Ramón telefoneó a Vilma, una amiga que vivía en Grecia. Ella se temió lo peor por las horas y por el contenido de la conversación y trasladó su preocupación a la familia, que no se movió de su casa, a pesar de que había sido alertada. A Lupe le hervía la sangre. Estaba muy afectada.

Yo seguía en la conservera ajena a la escena. No había podido hablar con mi hermana después de su llamada a primera hora de la mañana, aunque era consciente de que sólo se podían dar dos situaciones: que se cumpliese al pie de la letra lo que había dispuesto Ramón o que se buscase la mano que lo había ayudado a conseguir lo que tanto deseaba.

Lupe permaneció un tiempo en el pasillo. Incluso comentó con Manola cómo había encontrado a su tío. Esperaba con impaciencia que alguno de los que estaban en la cocina le comunicase si se podía marchar o si se tenía que quedar. Estaba desesperada por el revuelo que se había levantado y por cómo lo podía estar pasando nuestra madre.

La llamaron otra vez y volvió a la cocina después de que se llevasen el cadáver. Una mujer le pidió el DNI, se lo entregó, y sin cruzar más palabras, comenzó a interrogarla. «Nombre, domicilio...» Ella respondió con educación a lo que le preguntaba. Enumeró los cuidados que le dispensaba a Ramón y cómo se lo había encontrado por la mañana. «Pero ¿qué pasa? ¿Es que usted no se enteraba de nada?», le preguntó la mujer, que no se había identificado. «Pues no. Cuando Ramón tenía visitas, yo los dejaba solos», le contestó sin levantar la voz. La mujer se interesó por cuánto cobraba; se lo dijo, pero de repente notó como una fuerza se apoderaba de su cuerpo. «Por cierto, estoy siendo educada, ¿pero tengo la obligación de contestar?», Lupe se mostró algo molesta. Un policía judicial aclaró que el interrogatorio lo estaba realizando la jueza y Lupe, en vez de amilanarse, la reprendió porque no se había identificado y añadió: «Mire, llevo desde las siete de la mañana levantada sin haberme llevado nada a la boca, he sufrido el disgusto más grande de mi vida y me está haciendo preguntas que no me parecen apropiadas porque acaban de llevarse de aquí a un muerto», contestó con vehemencia.

Tuvo la sensación de que Ramón le había susurrado al oído cada una de las palabras que pronunció. A continuación se disculpó por si la jueza en algún momento se había sentido ofendida, pero no había sido capaz de morderse la lengua cuando sintió que se hacía la más mínima insinuación de que no cuidaba bien de una de las mejores personas que había conocido. Supongo que Ramón sonreía orgulloso desde el otro lado de la ventana viendo cómo su Doña saltaba para defenderlo.

Al mediodía la Guardia Civil me llamó a la conservera para que me presentase en el lugar de los hechos, si utilizamos su lenguaje. Acudí de inmediato. Conté que lo había visto por última vez sobre las doce de la noche del día anterior y que me había marchado a mi casa con mi hija Inés. Y por la mañana había acudido a trabajar a la fábrica de conservas. Me citaron para las siete de la tarde. Comí, regresé al trabajo y alrededor de las cinco me visitó la Guardia Civil para recordarme que estaba citada en el cuartel. Me hicieron las mismas preguntas, recibieron idénticas respuestas y pude dormir en mi casa.

Lo único que me preocupaba era que no había llevado la cámara y las cintas de vídeo al monte de A Curota. La bolsa seguía en el maletero del coche, pero no me atreví a cumplir esa noche el encargo que Ramón me había hecho por cautela, ya que me podían estar vigilando. Luego me enteré de que me habían pinchado el teléfono.

A la mañana siguiente, las cámaras de televisión ya estaban acampando en la puerta de casa. La prensa me seguía, la vida de mi familia se vio alterada. Que la prensa te escolte también tiene sus ventajas: se entera antes que tú de lo que te va a suceder. Fue la prensa la que me avisó de que me iban a detener y de que registrarían la casa. Con esa valiosa pista, al llegar a la fábrica saqué del maletero la bolsa con la cámara y las cintas de vídeo y la guardé en la taquilla. Estaba impaciente, porque tenía que depositarla cuanto antes a los pies de la Santa de Moldes como un penitente que lleva una ofrenda, pero por lo menos me podían registrar con tranquilidad. Si me encontraban la bolsa, estaba sentenciada.

Las cámaras de televisión se metieron también en la conservera. Yo les invitaba a que se olvidasen del tema de Ramón y nos grabasen calcetando para denunciar que no teníamos trabajo, aunque queríamos trabajar, y encima perdíamos el tiempo sin cobrar un duro. Las compañeras se tomaban la situación a broma. «*Moncha Maneiro, famosa no mundo enteiro e parte do extranxeiro*», canturreaban la rima de broma. Y la prensa nos daba el caramelo para contentarnos o para comprarnos. Primero preguntaba por el mal arreglo que le veíamos a una situación que iba a dejar a dos centenares de familias a dos velas e inmediatamente después de la argucia, se centraba en la muerte del tetrapléjico que llevaba años luchando para que se legalizase la eutanasia.

Esa tarde, la Guardia Civil vino a la fábrica a buscarme porque tenían una orden para registrar mi casa. Y allá nos fuimos. Para impedir que la televisión grabase el registro, tapamos las ventanas con unos cartones grandes. Revolvieron la casa hasta dejarla patas arriba. Yoli, mi hija, se enfadó muchísimo. Pretendía que le doblasen la ropa que habían sacado de los cajones. No le faltaba razón, pero te sientes indefensa. Llegan unos señores que no conoces de nada, deshacen a su antojo, hurgan en lo más íntimo de tu vida y se marchan dejándote todo el trabajo. ¿Y si eres inocente? ¡Ah, se siente!

El registro fue concienzudo. En la huerta había tierra removida, porque mi madre había plantado esa misma tarde unas camelias. Desde el balcón se interesaron por la tierra fresca señalándola con el haz de luz de sus potentes linternas. Se lo expliqué y también los animé a que mirasen lo que quisieran, pero con la condición de que tenían que plantar otra vez las camelias. Las herramientas se las prestaba yo. No lo hicieron.

Se llevaron una cinta de vídeo que habíamos grabado con Ramón durante la Nochebuena y las Navidades. En uno de los momentos Lupe me filmó recitándole a Ramón un poema de Omar Khayyam, poeta persa del siglo XI que a Ramón le encantaba porque abogaba por el goce del instante frente a la finitud de la vida. Además de la habilidad para mezclar las palabras, Khayyam era libertino, matemático, sibarita, astrónomo y profeta, entre otras muchas ocupaciones. Y a mí el día no me llegaba a nada. La filosofía vital del poeta persa me recordaba a Ramón.

Luego, la jueza se interesó en por qué había escogido este poema premonitorio: «Vorazmente el jarro contra mis labios presioné / y pregunté cómo podía demandar una verdeante vejez / Juntando sus labios con los míos oscuramente murmuró: ¡Bebe! / Cuando te hayas ido, ya no volverá».

«Por azar», le respondí, y no le mentí.

También me pidieron dos cintas de casete en las que hablaba con mi hijo. La grabadora me la había regalado Ramón. Insistía en que cada vez que se me ocurriese algo, lo grabase o lo anotase. Y por las noches charlaba con Richi y guardaba las cintas. Luego disfrutaba de lo lindo escuchando la conversación. También lo hice con mi nieto. Grabé sus primeras palabras para hacerle un diccionario con su peculiar vocabulario. Con el paso del tiempo, lo que al principio parece una tontería acaba por convertirse en un testimonio impagable por el valor sentimental.

Era noche cerrada cuando dieron el registro por finalizado. Cuando se marcharon, me fui a la conservera. No creía que me pudiesen seguir, porque acababan de registrarme y nada habían encontrado. Me pareció el momento más apropiado para cumplir el encargo de Ramón. En caso de que lo hiciesen y me preguntasen por el paseo, llevaba la disculpa preparada: había ido a recoger un objeto personal, ya que por la tarde me habían sacado a toda prisa de la fábrica.

El pico de A Curota se eleva quinientos noventa y ocho metros sobre el nivel del mar. Entre la pared y el océano sólo hay cinco kilómetros en línea recta. Rianxo, Boiro, Pobra do Caramiñal, Riveira, las dunas de Corrubedo, Porto do Son, Xuño y la isla de Arousa en el medio, parece que se encuentran a tiro de piedra. Por el día suben muchos turistas a extasiarse con las vistas, incluso en invierno. Dicen que el que sube una vez repite. Pero de noche sólo hay bestas[4] bravas y alguna pareja, más preocupada por que no la vean que de mirar.

Recogí la bolsa de la taquilla y en minutos ya estaba delante del cruceiro de la Santa de Moldes. Había algún cirio que algún devoto había encendido y varios ramos de flores depositados al pie como ofrenda por algún marinero que cayó en las redes del mar. No tuve miedo, pese a la soledad acentuada por la noche cerrada y el crepitar de las velas. Ramón me acompañaba. Detrás del cruceiro dejé mi ofrenda y regresé por donde había subido. Nadie me había seguido. Confiaba en que mi retraso en la entrega no desbaratase el plan. A la jueza le chocó que hubiese abandonado la cámara de vídeo y las cintas a la buena de Dios, nunca mejor dicho; no le entraba en la cabeza que la entrega no se efectuase en mano. En la mía tampoco. No sabía quién podría recogerlo, ni siquiera si irían a recogerlo, pero, como decía Ramón, señora jueza, «cuanto menos sepas, menos tendrás que contar».

4. Caballos.

Cumplí con el encargo en muy poco tiempo. No quería preguntas de mi familia para no tener que darles respuestas, porque intentaba que nadie se viese implicado.

Cuando una cadena de televisión emitió el vídeo, se dijo que yo lo había hecho todo por dinero. No me extrañó que lo pensasen, porque las estaba pasando canutas. Antes de separarme, me había metido en la compra de un coche para no tener que ir en autobús hasta Rianxo para trabajar en la radio, como hice un tiempo, pero empezaron los problemas en la conservera. Y cada letra era un castigo. En la televisión se comentaba que habían pagado millones por la exclusiva. Yo sólo había hecho de correo sin cobrar por ello.

Recuerdo que, antes de beber el cianuro, Ramón se despidió de alguien por teléfono con unas palabras que me chocaron: *«E agora a gañar cartiños»*. «Y ahora a ganar dinerito», traducidas al castellano. Como para olvidarlas, con lo que cayó luego, pero no era preguntona. Precisamente porque las había escuchado, me dolió que nadie saliese en mi defensa, aunque hubiese sido una confesión anónima. Sólo hacía falta un par de guiños, como «es una chica estupenda, no ha ganado dinero con ello», pero cerró o cerraron la boca. Me sentí un poco manipulada —entre comillas—, porque nadie se deja manipular a sabiendas. Me puedo hacer la tonta sin serlo. Y me lo hice, porque no me interesaba el dinero. Sólo me importaba la lucha y la memoria de Ramón Sampedro.

Ya no tenía nada en mi poder a lo que la justicia pudiese aferrarse para acusarme. Nada. Sólo las dos palabras pronunciadas por José, el hermano de Ramón: «Fue ella».

Al día siguiente, dos policías vestidos de paisano se presentaron otra vez en mi casa. Era sobre las dos de la tarde. Estaba sin comer. Me pidieron el original de la cinta grabada en Nochebuena y que los acompañase al cuartelillo de Boiro. Al llegar, me metieron en una habitación y me comunicaron que me iban a detener para que las cámaras de televisión no siguiesen con el campamento delante de la puerta de mi casa. Me tomaron las huellas dactilares y me hicieron las fotos pertinentes. Me sentía como una delincuente por amar de verdad a un hombre.

Solicité permiso para hacer una llamada. Quería comunicar a mi familia que estaba detenida, que no iría a dormir y pedirles que mantuviesen la calma, porque yo estaba tranquila. Pero las imágenes ya habían sido emitidas en varias cadenas de televisión. Mi familia supo antes que yo que me habían detenido. Le pedí a mi hermana que llamase a la asociación Derecho a Morir Dignamente —DMD— a Barcelona, como me había indicado Ramón, y les contase lo que me estaba sucediendo. DMD envió al prestigioso penalista Miguel Bajo, pero no llegó hasta el día siguiente por un problema con su vuelo, por lo que tuve que pasar la noche en el calabozo. Yo había rechazado el abogado de oficio. Estuve encerrada hasta que fui a declarar al juzgado de Riveira sobre las seis de la tarde del día siguiente.

Las cadenas de televisión daban la noticia cada cierto tiempo. Yo estaba en el calabozo, pero cuando salían las imágenes en programas como *Gente*, los guardias me avisaban: «Ven, ven, Ramona, que sales otra vez». Como la puerta estaba abierta, yo salía, me sentaba un rato con ellos delante de la televisión y luego regresaba a la celda. Es de justicia reconocer que me dispensaron un trato exquisito. Los guardias incluso permitieron que me quedase con el paquete de tabaco y con un mechero.

Pasé una noche horrible. Hacía un frío que te congelaba los huesos. Me recordaba al de la conservera, sólo que en un calabozo no tienes muchas posibilidades de movimiento. No conseguí pegar ojo. Pensaba en mis dos hombres. En Ramón, que se sentiría orgulloso de mí y me colmaba de felicidad, y en Richi. Creo que no dejé de mirar la foto que llevaba en la cartera en toda la noche.

En aquellos tiempos la menstruación llegaba con puntualidad británica a su cita de cada mes y sobre las siete de la mañana me empezó a doler la barriga. Sabía a qué se debía, pero estaba en un calabozo. Difícil solución le aventuraba a mi problema hasta que se me ocurrió preguntarle a un guardia civil si estaba casado. Al contestarme que sí, le pedí que me trajese unas compresas de su mujer. No sabe lo mucho que se lo agradecí. Tuve que apañarme como pude en un servicio a oscuras.

De mi experiencia en un calabozo sólo tengo un pero, porque supongo que el frío no cuenta. Sobre las nueve de la mañana llegó un policía judicial de A Coruña con una chica. Me la presentó y me comunicó que ella me tenía que registrar. Lo lógico hubiese sido que lo hubieran hecho en el momento de la detención y no al día siguiente, después de permitir que tuviese un mechero toda la noche. Protesté e intenté negarme, pese a que subrayaban que se trataba de un trámite indispensable. No atendieron mi queja. Me tuve que desnudar y me sentí humillada. Desnuda, con la regla y con un frío que me dejó tiesa, aunque el frío no cuente.

Por la mañana permitieron a Isolino, mi hermano mayor, que pasase a verme. Lo primero que me contó fue que en la puerta había una mujer que decía ser una gran amiga. Le contesté que no la conocía por la descripción que me daba y que no quería ver a nadie. Era una periodista. La verdad es que no les niego el mérito ni el morro. A mí lo único que me preocupaba era Richi, e Isolino me llegaba con el cuento de la amiga en la puerta. Al despedirnos, le pedí que Lupe me acercase ropa para poder mudarme.

Estaba cansada. Tenía ganas de declarar que yo había ayudado a Ramón a morir para que todo acabase. Camino del juzgado de Riveira tomé la decisión de confesarlo. Me sentía bien y con fuerzas. No me importaba ir a la cárcel. Pero nada más entrar en el juzgado, por la puerta de atrás para evitar a la prensa, una persona me llamó aparte.

—¿Qué le has dicho a la Guardia Civil? —me preguntó en voz baja.

—Que he estado en casa de Ramón hasta un poco antes de las doce y que después me marché para casa con mi hija Inés.

—Es suficiente. No cuentes nada más, el resto es tu vida privada. Hazme caso —me recomendó. Y se lo hice.

Minutos después, cuando la jueza me interrogó no sabía qué contestarle, porque había entrado en el juzgado con la intención de confesarlo todo y el consejero que tropezó conmigo en la puerta me quitó la idea de la cabeza. A la jueza le conté lo que había hecho hasta las doce de la noche del 11 de enero. Lo que sucedió desde esa hora hasta que por la mañana me llamó Lupe para darme la noticia de que Ramón se había marchado lo guardé como el más preciado de los secretos durante siete años.

Esa tarde me dejaron ir a dormir a mi casa. Me recogió mi hermano Manolo con mi coche. Como medida cautelar, tenía que presentarme cada mes en el juzgado de Riveira. Sólo tuve que ir dos o tres meses. La tercera jueza que se ocupó de mi caso retiró las medidas porque no apreció riesgo de fuga. Era la única imputada en la muerte de Ramón Sampedro. En 1999 el caso fue archivado por falta de pruebas hasta que se reabrió en enero de 2005, cuando decidí contar en televisión que yo había ayudado a morir a Ramón por amor, pero esta historia merece un capítulo aparte.

Regresé a la emboscada de la vida. Con la fama que no había buscado y sin el dinero que algunos pensaban que me había embolsado. Y, lo que más dolor me causaba, sin Ramón. En este último punto tenía sentimientos encontrados. Su muerte debería ser tomada como un motivo de alegría, de fiesta y de celebración, porque había conseguido lo que más deseaba. Y me alegraba por él. Pero no podía evitar echarlo de menos. Tenía que acostumbrarme a vivir sin Ramón, a buscarlo cada noche en el parpadeo de una estrella.

Lupe me preocupó durante mucho tiempo. Ramón le había gastado una broma pesada y llegué a temer por el niño que llevaba en las entrañas sin nosotros saberlo. Comenzó a perder peso y durante tres meses no consiguió enhebrar una noche de sueño. Tuvo que echar mano del santo remedio para recuperarse: regresar a los brazos de su madre para que la cuidase.

Ramona, mi madre, mujer de misa y comunión diaria, nos dio a las dos el apoyo que necesitábamos para salir adelante. Pese a ser católica, apostólica y romana —no como yo: que soy católica, apostólica y Ramona—, comprendió y respetó la decisión de Ramón. En contra de lo que le dice su Iglesia, como tiene dos dedos de frente, se declara a favor de la eutanasia. Caridad cristiana, lo llamaría yo.

En un pueblo, cualquier suceso que se salga de la pauta se convierte en tema de conversación durante mucho tiempo. De la muerte de Ramón, que llegó a ser portada de los telediarios, aún hoy se sigue hablando.

Si hago balance, me parece que el saldo es positivo, porque quiere decir que no se ha apagado el debate sobre la legalización de la eutanasia. Es lo que pretendía Ramón y ahora es lo que intento yo.

En los meses siguientes a su «marcha» llegaron a mis oídos comentarios de todo tipo, a favor y en contra. Y eso que no sabían que las manos que lo habían ayudado eran las mías. También se dijo que a Ramón «lo había matado el *striptease* de la chavala que lo cuidaba, una moza de veintidós años. Con el susto quedó tieso en el momento». A Lupe le molestó, a mí me provocó una carcajada, porque me pareció ocurrente.

Las reacciones fueron variopintas. Mi hija mayor tenía un amigo al que los padres le prohibieron que se acercase a ella por miedo a que lo envenenase. Cuando Yoli me lo contó, me hizo gracia al principio y luego me dejó consternada. Es la prueba que demuestra que en el primer mundo continúa existiendo mucha pobreza mental, pese a que la televisión y el teléfono han llegado hasta el lugar más remoto.

También tengo la impresión de que la gente ha cambiado en estos años; ahora hay más sensibilidad para abordar el debate sobre la eutanasia. Yoli ha pasado de ver a su amigo a escondidas a escuchar elogios en la panadería en la que trabaja: «Muy bien por tu madre, yo también lo haría».

Lupe no consiguió sacudirse la pena hasta que un día llegó al bar un señor para contratarla al precio que fuese para que cuidase a su mujer, enferma de Alzheimer.

—¿Pero sabe quién soy? —le preguntó extrañada.

—Sí, pero no quiero que me la mates, sólo que la cuides —le respondió con retranca.

Mi hermana no aceptó el trabajo por el embarazo, pero la propuesta de empleo la sacó de la cueva en la que estaba metida.

Y de mí... Han dicho todo lo que uno se pueda imaginar y algo más. También hubo mucha más gente que me apoyó desde el principio. Les estaré eternamente agradecida. Sobre todo, a catorce mil personas que se autoinculparon de haber ayudado a morir a Ramón Sampedro. Entre las personas que firmaron estaban el escritor José Luis Sampedro; el filósofo Fernando Savater; el cantante Joan Manuel Serrat o el psiquiatra Carlos Castilla del Pino. Los menciono como anécdota, porque su solidaridad la llevo en el corazón como la del resto de personas anónimas. Con esta iniciativa, a la justicia se le presentó la oportunidad de meterme en la cárcel si hubiese querido, porque fui de las primeras en firmar.

Al poco tiempo, A Ribeiriña se quedó otra vez en calma; se fueron las cámaras, pero no los problemas. La Onza de Oro, la fábrica de conservas de pescado en la que llevaba una veintena de años destrozándome la espalda, se declaró en quiebra y cerró las puertas. Me quedé en la calle con otros 224 compañeros. La vida volvía a jugarme otra mala pasada, pero no me rendí, me apoyé en el recuerdo de Ramón para salir adelante, ya que me consideraba una luchadora. Sólo tenía dos salidas: me hundía y arrastraba al fondo a mi familia o intentaba mantenerme a flote.

Busqué trabajo. Primero cuidé a media jornada a una señora en Boiro que no salía a la calle. Hacía de todo, desde la limpieza hasta arrancar las malas hierbas de la huerta. Después encontré trabajo en Santiago. Tenía que atender a Virgilio, un señor minusválido, y a su hermana. Lo llevaba al hospital Juan Canalejo de A Coruña, salíamos de paseo, además de atender la casa. Con Virgilio aprendí mucho, pero su caso lo contaré más tarde. Con él estaba encantada, aunque tenía que recorrer todos los días cincuenta kilómetros a la ida y otros tantos a la vuelta, y en Galicia no son en línea recta.

Me ofrecieron trabajo en las conserveras de la zona, pero cuando pasaba delante del esqueleto desconchado de La Onza de Oro, me prometía que sólo volvería en caso de que fuese la última alternativa. Prefería la paliza del coche antes de que me volviesen a tiritar los huesos por el frío.

En Santiago me sentía realizada. Además de cuidar a Virgilio, de vez en cuando colaboraba en un *magazine* de tarde en la Televisión de Galicia, dirigido por Ana Kiro, una artista muy conocida y respetada.

Pero mi hijo se sentía abandonado, quizá porque lo estaba abandonando yo. Richi no quería estudiar y mucho menos hacer los deberes, a pesar de que mis padres se desesperaban con él. Yo dormía todos los días en casa, pero me daba cuenta de que le faltaba su madre. Encontré trabajo en Boiro cuidando a una señora con Alzheimer. Había hecho un cursillo de auxiliar de geriatría y a continuación me hicieron un contrato fijo en una inmobiliaria para cuidar a los padres del dueño. Compaginaba las dos casas, casi no tenía tiempo para nada.

Un poquito antes había empezado a salir con Manolo. Él vivía con sus padres, que son muy mayores, y aunque se defendían por sí mismos, les echaba una mano cuando salía del trabajo. Eran demasiadas personas mayores a mi cargo. Me pasaba el día sofocada, porque no quería desatender a ninguna. Un día, el espejo me devolvió la imagen de una mujer avejentada. Decidí dejar poco a poco a *meus velliños* y ahora sólo cuido a los padres de Manolo, a mi hijo Richi y les echo un cable a mis hijas, sobre todo a Yoli con su hijo Sami, que es mi nieto. No sé cómo me las arreglo, pero sigo sin encontrar tiempo para nada.

Cuando me meto en la cama, muchas noches repaso el día para comprobar por dónde se me han escapado las horas. Me suelo levantar a las ocho y media de la mañana. Si los abuelos están perezosos, les dejo que remoloneen y corro a la compra. El día que madrugan los aseo, luego los visto, les doy el desayuno y sobre las once me voy a la plaza. Los abuelos se quedan un rato a solas, aunque no puede ser mucho tiempo. Ella lee el periódico o hace solitarios, él se sienta delante del televisor y duerme.

Me cuesta comprender por qué las mujeres somos más duras. La abuela aún se defiende, aunque hay que estar pendiente, porque puede hacer menos de lo que cree. El abuelo camina con mucha dificultad y le tengo que dar de comer. Y esto último quiere decir que antes he hecho la comida. A veces voy a buscar a mi nieto al colegio o a mi sobrino, que tiene su misma edad.

Y por la tarde repito los movimientos, sólo que al

revés. Si por la mañana los visto, cuando anochece los desvisto, los baño, les pongo el pijama y los meto en la cama después de que se hayan tomado las medicinas.

Siempre deprisa, corriendo de acá para allá. Al menos, no estoy en la conservera, me consuelo.

Y antes de bajar la persiana, le echo un vistazo al cielo. Será una coincidencia, pero desde la noche en que Ramón se marchó llueve menos. Será porque todos los días quiere guiñarme el ojo desde la estrella que parpadea.

Capítulo IX

LOS OTROS SAMPEDROS

Hace dieciséis años, una zambullida en el mar bravo de Tenerife le provocó a Carlos Rodríguez González una tetraplejia al fracturarse la quinta vértebra cervical. Tenía diecinueve años y la vida por delante. Trabajaba de camarero en un restaurante y por las noches, de relaciones públicas en una discoteca. Carlos llevaba unos días algo deprimido porque había acabado una relación de forma brusca y decidió darse un chapuzón en los acantilados, antes de acudir a la cita con una chica que quería conquistar.

Era un excelente nadador de larga distancia y un buen saltador de trampolín. Estaba algo distraído, pero se lanzó confiado al Atlántico. Entró en el agua justo en el momento en el que rompía la ola. No chocó contra la arena como Ramón Sampedro, fue la misma ola la que le dañó la médula espinal. Se quedó inmóvil en el agua, consciente de que se le consumía la vida a medida que se agotaba el aire de sus pulmones. Pensó que eran sus últimos minutos y recordó a sus padres, a sus amigos de Ponteareas —a treinta kilómetros de Vigo—, a la chica que iba a ver esa tarde, a la que había perdido... Tuvo suerte, porque las olas lo arrastraron hacia la orilla en vez de llevarlo mar adentro. Como estaba acostumbrado a nadar, sus pulmones resistieron los diez minutos que le contaron que pasó en el agua.

Un pescador lo recogió en la orilla, pidió auxilio, le hicieron el boca a boca y le devolvieron la vida. Cuando Carlos abrió los ojos, no sabía cómo agradecérselo a sus salvadores. Se decía que no podía morir en el agua, porque le quedaban muchas cosas por hacer en este mundo. En ese momento se impuso luchar por vivir.

Comenzó el proceso de recuperación hasta conseguir mover las manos un 60 por ciento, gracias a que trabajó duro con la rehabilitación. En Tenerife lo operaron para fijar las vértebras con una chapa. Era una técnica que ya estaba algo obsoleta y al tercer mes se soltó un tornillo que le rozó la tráquea. En el hospital de tetrapléjicos de Toledo le recomendaron operarse de nuevo para deshacer la chapuza. La operación era cosa de abrir, quitar la chapa y cerrar. No tendría que haber mayores complicaciones. Pero, por un error médico, le rajaron la tráquea. Carlos comió tres meses ayudándose de una sonda, perdió masa muscular y una pulmonía lo llevó a la UVI. De nuevo estaba cerca de la muerte. Su capacidad pulmonar evitó que le hiciesen una traqueotomía y en vez de desmoronarse, luchó con más fuerza por recuperarse.

La novia de Tenerife con la que empezaba la relación se fue distanciando, aunque no le dolió demasiado, porque tenía asumido lo que podía suceder. En el hospital puso un anuncio en una revista e hizo amistad con Mari Cruz, una chica asturiana que se convirtió en «el motor» de su vida mediante las cartas y las llamadas.

Cuando le dieron el alta comenzó otro proceso, el de asimilación. Volvió a la vivienda familiar en Area, una aldea rural de Ponteareas. Al principio salía poco a la calle, porque dependía de que alguien le colocase una rampa de madera. Luego, la Xunta de Galicia le hizo una apropiada para poder salir con su silla eléctrica.

El proceso de asimilación del entorno durante el primer año fue más duro para los demás que para él, porque las barreras psicológicas son más infranqueables que las físicas. A Carlos le «repateaba la compasión». Se tiene por una persona «muy positiva».

—¿Pero qué te ha pasado? Tan joven y con la vida tirada por la borda —lo consolaban por la calle.

—No pasa nada, hay que luchar. Aún puedo encontrar una novia. Soy joven —contestaba ilusionado.

—Pero así, quién te va a querer...

Si la vida en la ciudad es dura para un discapacitado, en el medio rural resulta mucho más complicada. Hasta que, tras dos años del accidente, un grupo de radioaficionados le regalaron una emisora y Carlos comenzó a conocer a más gente.

El sueño de Carlos, desde el día en que regresó a su casa, era independizarse y valerse por sí mismo como lo hacía antes de sufrir el accidente. Al tercer año del suceso se fijó en que el futuro estaba en la informática, y eso que empezaba a escucharse esa palabra. Le pidió a sus padres un ordenador, pero ellos se negaban: «¿Para qué te hace falta, no te basta con la máquina de escribir?». Para escribir, una tarea que le apasionaba, sí. Tras insistir mucho, consiguió que le comprasen un ordenador.

¿Y para qué le hacía falta? Como el ordenador necesita programas, montó un club para poder intercambiarlos con otros informáticos y encontró el filón que le permitió ganar dinero para poder comprar un piso e independizarse. Con la pensión no era suficiente, porque antes recibía unos cuatrocientos euros al mes y ahora, seiscientos. Montó un negocio de compraventa de piezas que le hizo ganar dinero para la entrada. Tenía prestigio como informático e incluso trabajaba para varias tiendas.

El dinero era importante, pero más la resistencia de sus padres a que los abandonase. La de los padres es comprensible, pero también se topó con la de la asistenta social, quien le insistía en que lo mejor para él era que se fuese para un centro en A Coruña.

Carlos es un luchador. Hace ocho años también apareció en los medios de comunicación, porque fue el único tetrapléjico que hizo el Camino de Santiago volando en ultraligero. Fue en el Xacobeo 99. Desde pequeño había tenido el deseo de volar. La sensación que más se aproximaba eran los brincos desde lo alto del trampolín.

Un buen día vio en la televisión una concentración de ultraligeros y se informó de que Manuel Rey, campeón de España, era la persona que podía convertir su sueño en realidad. Lo encontró en el aeropuerto de Santiago y le pidió que le dejase subir con él al ultraligero.

Manuel Rey lo citó en el aeródromo de Vilanova de Cerveira, en Portugal. Y allá se fue, a escondidas de su familia, porque ya sabía lo que le iban a decir para quitarle la idea de la cabeza: «¿No has escarmentado con la zambullida?».

Carlos y Manuel decidieron que primero harían una prueba, antes de embarcarse a hacer la ruta jacobea. Carlos se sentó en el asiento de atrás del biplaza, se abrochó bien los cinturones, pero con el primer tirón al arrancar se fue hacia un lado. Manuel Rey tenía experiencia suficiente como para enderezar a Carlos con una mano y pilotar el ultraligero con la otra. «Fue la sensación de libertad más grande que he tenido en mi vida», me contó Carlos.

Como la prueba se saldó con un resultado satisfactorio, decidieron hacer el Camino de Santiago. Antes tuvieron que conseguir un permiso especial para que el ultraligero pudiese aterrizar en el aeropuerto internacional de Lavacolla.

La hazaña del tetrapléjico de Ponteareas saltó a los medios de comunicación. Se enteró una tinerfeña y lo telefoneó. Las llamadas se hicieron frecuentes, la correspondencia diaria, y un día se confesaron el amor que sentían. Ella era muy guapa y Carlos pensaba que un «bombón como ella no podía enamorarse de un tetrapléjico». Pero ella le contestaba que lo que le importaba era «el interior, el espíritu».

La relación se rompió cuando se conocieron en persona. Llevaban un año esperando ese momento. Carlos estaba a un paso de independizarse, tenía veintinueve años. Ella, que estudiaba Psicología, tenía veintisiete. La familia de la chica la presionaba y ella le pidió que se mudase a Tenerife como un gesto de amor. Carlos no se sentía preparado para hacer las maletas. Además, se equivocó al alquilar una casa para pasar unos días con ella. En vez de contratar a una asistenta, le pidió que lo cuidase y quizá ella se sintió atrapada. Desapareció de un día para otro. Carlos no volvió a saber de ella y aún sueña con ir a Tenerife para buscarla. Hubiese deseado ser, al menos, su amigo.

Así es el negocio del amor, porque otras veces fue Carlos el que rompió corazones. No soporta a las personas «posesivas».

En vez de hundirse, se agarró como un náufrago al madero de la ilusión. La suya era independizarse. El negocio de compraventa de equipos informáticos le trajo a otra mujer. También era informática y acudió a Carlos para ahorrarse unas perras en un ordenador.

Congeniaron a la primera, Carlos le contó que quería salir de su casa y ella le ayudó a conseguirlo. Lo llevó al banco, al notario... La amistad acabó en amor, pero el amor también se acabó.

Cuando la relación ya estaba muy deteriorada, un error al marcar su número le llevó hasta otra mujer con el mismo nombre. Se rieron con la confusión y colgaron. Al día siguiente, Carlos volvió a llamarla y respondió ella. Se había equivocado a propósito. Ahora ella lleva cuatro años cuidándole y tienen una relación «muy especial», en palabras del implicado.

Carlos vive solo desde hace cinco años en un piso adaptado y las nuevas tecnologías permiten que tenga una buena calidad de vida: abre la puerta con el mando a distancia, desde el televisor puede ver el portero automático...

Tiene una queja. Los seiscientos euros que recibe de pensión no le llegan a nada por mucho que los intenta estirar. Doscientos se le van en las asistentas que lo cuidan, doscientos son de la hipoteca y con los doscientos restantes come, paga la luz, el agua y el teléfono. No cuenta con otro tipo de ayuda y ha dejado el negocio de la compraventa de informática. Los primeros meses de independencia fueron duros, porque tardó en encontrar a las personas adecuadas para cuidarle. Es la intimidad de cada uno lo que se airea y no deseas que la vea cualquiera.

Al independizarse, tuvo que cargar con las tareas de la casa: ir a la compra, al banco, al ayuntamiento. Y se encontró con más trampas en el día a día de las que imaginaba. Carlos estaba un poco harto de los ordenadores y decidió fundar una asociación —Adapta— con otros cinco discapacitados para corregir las deficiencias de un ayuntamiento de unos veinte mil habitantes. Adapta, presidida por Carlos, ha conseguido en poco más de un año que en Ponteareas se hicieran ciento veinte rampas. Un poco más le costó conseguir la del ayuntamiento, porque era un edificio histórico. Querían hacerla en la puerta de atrás, pero se negaron con rotundidad. Ahora, pueden subir con la silla de ruedas y entrar por la entrada principal como cualquier ciudadano.

También han conseguido un fisioterapeuta y un aula de informática para la asociación. Todos son unos luchadores, como Carlos. A mí me encanta que me cuente sus aventuras. El 4 de diciembre de 2004 hizo el Camino de Santiago desde Arzúa, y eso que en septiembre había tenido un accidente con su silla de ruedas nueva. Fue al monte a recoger fruta, se enganchó el mando con la manga y cayó, con la mala suerte de que se rompió la cadera y el hueso sacro. Le recomendaron que pasase por el quirófano, pero prefirió consolidar la fractura con una dieta rica en calcio y un mes de reposo absoluto. Se recuperó por completo, aunque le ha quedado una pierna dos centímetros más corta que la otra. Como no se pone de pie, tampoco le importa.

A los dos meses se presentó en Arzúa con su primo José, que lo acompañó en bicicleta, para recorrer, en un día de frío y niebla, treinta kilómetros hasta Santiago en tres horas. Su silla alcanza los doce kilómetros por hora y en Ponteareas le llaman Correcaminos por la velocidad a la que recorre las calles.

Fue Carlos quien quiso conocerme. La película *Mar adentro* dejó impresionado a José, su primo, y lo llevó a verla. Le emocionó «sobre todo Ramona», me contaron el día que vinieron a presentarse. Antes me había encontrado en el contestador con un mensaje de Carlos. Lo llamé en ese mismo instante. Me contó que estaba escribiendo un libro sobre su experiencia y lo animé para que no lo dejase y lo acabase.

Para mí representa las ganas de vivir. Vinieron dos o tres veces a visitarme. Carlos sueña con ahorrar dinero para comprarse una furgoneta, porque le encanta viajar.

Está a favor de la eutanasia asistida, pero después de que se agoten todas las vías. Me encanta hablar con él, porque dice las cosas a la cara. Cree que Ramón no era un caso extremo de eutanasia, tampoco le pareció bien que yo hubiese contado en un programa de televisión que lo había ayudado a morir. Tiene unas ganas tremendas de, con su ejemplo, transmitir esperanza a todos los que están en una situación parecida a la suya. Es crítico hasta con sus pensamientos: «Si no me hubiese independizado, al haber muerto mis padres, hubiese tenido que ir a vivir con mi tía o a una residencia. Creo que, en ese caso, quizá yo también hubiese pedido la eutanasia».

Me alarmó una experiencia que Carlos me comentó recientemente. Estaba en un coloquio en la Universidad de Vigo y, al terminar su exposición, invitó a los alumnos a que le formulasen preguntas sin temor. Podían preguntar hasta por sus relaciones sexuales. Como nadie tomaba la palabra, se interesó por lo que harían ellos si se viesen en su silla de ruedas: «Desearíamos morirnos», respondieron casi todos.

Yo soy partidaria de luchar con toda la fuerza por salir adelante como hace Carlos, pero también de la libertad del individuo para elegir su destino. No me siento capaz de juzgar a nadie.

Carlos es un ejemplo de tesón y lucha. Espero que escriba su libro y que se pueda comprar la furgoneta. Lo merece.

Otro ejemplo lo encontré tiempo atrás en mi etapa como locutora en Radio Rianxo. A la radio llegué por casualidad y a ella le debo un puñado de buenos momentos, además de haberme llevado hasta Ramón, porque fue Rosa, una oyente, la que lo buscó y me acompañó a visitarlo la primera vez.

Hay personas que se lanzan a la aventura sin más. Sin ninguna razón aparente, arrancan y se desplazan a un sitio para ver algo de cerca o para conocer a alguien. Creo que respondo a este perfil. Eso hice con la radio y eso me sucedió con Ramón.

Yo escuchaba Radio Rianxo y la gente por la calle hablaba mucho de esta cadena porque pinchaba música y aceptaba peticiones. Era muy próxima, porque escuchabas a los vecinos, a gente conocida, hablar con los locutores. Un buen día, cuando mi matrimonio ya no tenía remedio, le propuse a mi hermana y a mis hijas ir a ver cómo se hacía un programa. Aceptaron y allá nos fuimos. La estuvimos buscando un buen rato porque estaba en medio de la nada, en Monte Grande, que —como su nombre indica— era un monte que caía hacia el mar. Nos costó encontrarla, porque para llegar a la emisora había que bajar por un camino de vacas, más apropiado para un carro que para un coche. Al final del camino vimos una casa destartalada y una antena grande. Dimos por hecho que tenía que ser la radio por la antena, aunque nos la imaginábamos en un edificio con mejor apariencia.

Esa tarde conocimos a los locutores y, como pasa siempre, las voces no les pegaban a las caras. Pasamos un buen rato y quedamos en que volveríamos otra tarde. El jefe me preguntó en la siguiente visita si me gustaba. «Claro que me gusta», contesté mientras miraba con embeleso los aparatos. Me sugirió que hiciese una prueba. A mí me daba miedo aceptarla y me empezó a temblar el cuerpo. Hice la prueba en directo. Allí estaba yo, sentada delante de aquella mesa inmensa, con tantos botones que necesitabas un plano para no perderte, dos platos, el teléfono… Todo a la vez. Estaba muy asustada, pero si el hijo pequeño del dueño era capaz de manejarla, yo también podía hacerlo, me animaba. Y lo hice. Me presenté como Moncha Maneiro y conduje el programa. Ese día me fui para mi casa contentísima, porque ya me consideraba una locutora de radio.

Empezaba mi programa con el himno gallego, luego entraba la sintonía de la radio y en ese momento me presentaba. La primera hora, de las ocho a las nueve de la tarde, seleccionaba yo la música. Y hasta las once de la noche pinchaba las peticiones. El teléfono no paraba de sonar. Los oyentes las pasaban canutas para conseguir línea y cuando lo hacían, protestaban.

A mí me gustaba charlar en directo con una señora que se llamaba Manuela por las dedicatorias dulces que hacía. Una tarde llamó y consultó cuál era la mejor hora para encontrar la línea desocupada. Yo le di una disculpa cualquiera, porque el teléfono ardía, y seguí hablando con ella. Entonces me contó que era ciega.

—¿Cómo? —le pregunté. Se me había cortado la risa.

—Sí, soy ciega.

—Manuela…

—No pasa nada, me quedé ciega a los dieciocho años y ya voy para sesenta. Si quieres, te cuento la historia —Manuela transmitía buen humor y alegría por su tono de voz.

—Claro, Manuela. Hazlo.

—La última cosa que vi fue un cielo abarrotado de estrellas. Hacía una noche preciosa y pasé mucho tiempo en la ventana mirando al firmamento. Por la mañana tuve que madrugar para trabajar. Me despertó mi padre muy temprano. Yo le dije que no veía nada, pero él pensaba que me estaba haciendo la remolona para quedarme un rato más en la cama. «¡Levántate y déjate de historias!», me dijo enfadado. Pero no eran historias. De noche había sufrido un desprendimiento de retina y me había quedado ciega.

No sabía qué decirle. La historia era impresionante. La última imagen que guarda en la memoria es «un cielo abarrotado de estrellas». Recuerdo que de pequeños nos decían que no se podían contar estrellas. Por cada una que contases te salía una verruga.

A los pocos días fui a visitarla y lo sigo haciendo. Manuela vive en Artes, cerca de Riveira, con una hermana y su sobrina. Le gusta palparme la melena. Es lo primero que me pide nada más cruzo la puerta de su casa. Un día llevé a Richi conmigo y salió encantado, porque Manuela cuenta historias increíbles con mucha gracia. Con el paso del tiempo aprendió a valerse por sí misma. Ahora estudia Braille, el lenguaje para ciegos. Manuela ha luchado sin caer presa de la desesperación.

Aproximadamente al año de que Ramón se hubiese marchado, recibí una llamada de un señor que decía conocerme porque había estado en mi casa. Era minusválido. Para traerme su imagen al presente, me contó que me había visitado con otras cuatro personas, todas minusválidas. Caí al instante. Habían llegado por sorpresa a la puerta de casa al poco tiempo de cerrar la conservera, querían conocerme y se interesaron por el libro de Ramón, ya que no conseguían encontrarlo en las librerías. No estaban de acuerdo con la eutanasia, pero me sorprendieron, porque no nos juzgaban ni a Ramón ni a mí.

Tras contarle que sí lo recordaba, me preguntó si conocía a alguien que pudiese cuidar a un compañero, que también era minusválido, en Santiago. Le contesté que yo estaba sin trabajo y que me podía interesar la propuesta. Sabía trabajar en una conservera y poco más. Podía cuidar ancianos o niños, hacer la limpieza o trabajar en la radio.

Me presenté en la dirección que me facilitó y me encontré con Virgilio y con Cristina, dos personas maravillosas. Nada más me vieron entrar por la puerta, ya me habían contratado. Los dos eran hermanos.

Cristina era maestra de primaria y no necesitaba cuidados. A Virgilio, una enfermedad y una operación «hecha por un carnicero» —según Cristina— lo habían dejado en una silla de ruedas. No podía caminar. Virgilio también había sido profesor, pero lo tuvo que dejar después de la enfermedad. Por las tardes impartía clases particulares de Física, Química y Matemáticas.

A Virgilio le encantaba viajar. Tenía un coche preparado, con el acelerador y el freno en el volante, que conducía yo cuando nos desplazábamos al hospital

Juan Canalejo de A Coruña. Le tenía mucho miedo a la muerte y a sufrir. Y a veces, sufría mucho. No quería ni oír hablar de la eutanasia, aunque comprendía y respetaba que hubiese gente que la pidiese.

Virgilio era un vitalista. Le encantaba ir a comer pulpo y me presentaba a sus amigos. Una tarde se empeñó en que conociese a un compañero que era un mujeriego, aunque estaba muy enfermo. Al verme me soltó que se iba a casar conmigo y el comentario nos hizo reír a Virgilio y a mí, mientras él preguntaba de qué nos reíamos, porque no había dicho nada gracioso. Se le notaba en la mirada que tenía unas ganas tremendas de vivir.

Sólo estuve siete meses con Virgilio y con Cristina. Fue una lástima tener que dejarlos, porque con ellos me encontraba a gusto, pero Richi me reclamaba. De vez en cuando voy a visitarlos y ellos me envían recuerdos por un vecino que tiene un puesto en la plaza de Santiago. A Cristina le reserva el mejor pescado.

Cuando me lo piden, colaboro con DMD. Estoy a favor de que se legalice la eutanasia, pero también lucho para que se les faciliten las mejores condiciones a los tetrapléjicos, a los minusválidos y a los disminuidos físicos o psíquicos para que tengan una vida digna.

Carlos, Manuela y Virgilio son unos valientes. Como lo fue Ramón Sampedro.

Capítulo X

UNA VIDA DE PELÍCULA

Unos meses antes de que Alejandro Amenábar comenzase a rodar *Mar adentro,* me comunicaron por teléfono que un director «muy conocido e importante» quería hacer una película sobre la vida de Ramón Sampedro y que ese director tan «conocido e importante» estaba muy interesado en conocerme para hablar sobre mi relación con el que iba a ser el protagonista de la historia. Este detalle me gustó, porque en 2001 las televisiones autonómicas habían hecho un telefilme sobre Ramón sin consultar apenas con sus allegados. *Condenado a vivir*, así se tituló el telefilme, no tuvo demasiada repercusión.

Supongo que hay varias maneras de enfrentarse a una historia. Alejandro Amenábar tenía todos los ingredientes para cocinar su película sin tener en cuenta mi punto de vista, por todo lo que había salido publicado en la prensa. También contaba con los pensamientos que Ramón dejó en *Cartas desde el infierno*. Deduje que, si quería conocerme en persona y se interesaba por lo que yo pensaba, iba a abordar la vida de Ramón con seriedad. Aun sin saber que el director era Amenábar, accedí a desplazarme a Madrid para charlar con la persona que pretendía llevar la lucha de Ramón a la gran pantalla, porque tuve la corazonada de que la película podría servir para mantener vivo un debate sobre el que los políticos y la Iglesia desean echar tierra.

Fue en el mismo momento de la reunión cuando me enteré de que el director sería Alejandro y el productor, Fernando Bovaira. Eduardo, mi contacto, una excelente persona de la productora, no había querido adelantarme sus nombres por teléfono. Hablamos algo más de dos horas de Ramón. Alejandro me preguntaba por nuestra relación y yo le explicaba con la sensación de lorito que repite la misma cantinela. Yo aún no había confesado que había ayudado a Ramón a marcharse y tampoco se lo conté ni a Amenábar ni a Bovaira ni a Eduardo, con quien tenía más confianza y complicidad.

El viaje hasta Madrid me sirvió para confirmar la

sensación que había tenido en un principio. La película era sólo un proyecto, pero si llegaba a cuajar, la seriedad y la profesionalidad del equipo estaban garantizadas. Quizá esto haya sido la clave del éxito y de la repercusión que ha tenido *Mar adentro*.

Durante un tiempo no volví a tener noticias de la película. Sabía que iba a ser rodada porque Fernando Bovaira y Eduardo vinieron a visitarme, pero ya había contado mi parte de la historia y no creí que fuesen a reclamar otra vez mi ayuda o mi opinión.

Hasta que un buen día recibí otra llamada. Una voz de mujer al otro lado del teléfono se identificó como una actriz de Madrid que quería hablar conmigo. Dijo su nombre, pero a mí me dejó indiferente porque no la conocía. Incluso llegué a sospechar que podía tratarse de la trampa de una periodista que suplantaba la identidad de una actriz para sonsacarme información sobre la película. El proyecto de Amenábar todavía no se conocía o, al menos, yo no había visto nada publicado.

Le indiqué a la actriz que me llamase un poco más tarde y telefoneé a Eduardo para contarle lo que me acababa de suceder. No quería que mi indiscreción los pudiese perjudicar. Me contestó que no había problema alguno, que hablase con ella sin miedo, porque ya estaban realizando el cásting para elegir a los protagonistas de la película.

La actriz llamó a los pocos minutos y le comuniqué que hablaría con ella. Le pregunté cuándo quería que quedásemos y me sorprendió su respuesta: «Esta tarde, estoy en Boiro». Nos citamos en el cámping, un lugar tranquilo que ella podía localizar a la primera para que no estuviese dando vueltas por el pueblo.

Al rato nos encontramos en la cafetería del cámping, pero no la reconocí. Se presentó como Lola Dueñas y yo, por muchas vueltas que le daba a la cabeza, no identificaba ni el nombre ni la cara con algún papel que hubiese interpretado. Conectamos desde el principio. Me contó que iba a hacer el segundo cásting para interpretar mi personaje en *Mar adentro* y que, aunque no saliese elegida, me quería conocer por todo lo que había leído en la prensa. Sus palabras me conquistaron. En su día no había entendido que los responsables del telefilme *Condenado a vivir* no se hubiesen molestado en hablar con las personas que compartieron la lucha de Ramón, pese a que seguían vivas. Ni siquiera los actores intentaron aproximarse al personaje que interpretaban.

La actitud de Lola Dueñas me pareció responsable y el poco rato que pasamos juntas durante ese fin de semana provocó que yo deseara que le diesen el papel. Lola es una persona sencilla, sensible y muy decidida. No podía contener la risa cuando me contaba cómo me había rastreado por todo Boiro hasta que consiguió localizarme.

Lola no conoció la historia de Ramón Sampedro hasta que se le presentó la oportunidad de participar en la película de Alejandro Amenábar. Y trabajó muy duro para conseguir el papel. Recurrió a un amigo de Santiago para que le contagiase el acento gallego; se acercó a Ramón fotocopiando *Cartas desde el infierno*, porque el libro en aquellas fechas estaba descatalogado, y —como en el periódico se enteró de que Ramona Maneiro vivía en Boiro— en Boiro se presentó antes de realizar la segunda prueba. Yo pertenezco al ayuntamiento de Pobra do Caramiñal, pero desde un principio la prensa me ha domiciliado en Boiro. Lola voló desde Madrid hasta Santiago y apareció en Boiro sin más pistas para encontrarme que un recorte de periódico.

Nada más llegar, se fue directamente al mercado y recorrió todos los puestos preguntando si me conocían, pidiendo mi número de teléfono o alguna seña para encontrarme. En la plaza me conocen de sobra, porque voy todos los días, pero nadie le quería facilitar mis datos por desconfianza. Al final consiguió que un alma bondadosa le diese mi número de teléfono. Nunca conseguí saber quién había sido.

Cuando volví el lunes al mercado, corrieron a contarme que una chica había estado preguntando por mí. «Tenía una pinta de actriz que no veas», me dijeron dos mujeres. Y yo no había notado nada.

Después de la divertida narración de su peripecia para encontrarme, me sentí con la obligación de sincerarme con ella. Le pregunté por los papeles que había interpretado. En televisión había participado en series de gran audiencia como *Periodistas* o *Policías* y en el cine, en películas como *Hable con ella* (dirigida por Almodóvar), en *Días de Fútbol* o en *Mensaka*. Pero como casi no veo la televisión, las probabilidades de haberme cruzado con ella en la pantalla eran realmente escasas. Se marchó para Madrid ilusionada. Ese lunes tenía la segunda prueba. Me prometió que si salía elegida, vendría una semana para estar conmigo y conocerme mejor. Sucedió lo primero y lo segundo: fue la actriz elegida y se vino una semana.

Como era verano y los días muy largos, pasamos mucho tiempo juntas. Cuando paseábamos por Boiro notaba que la gente nos miraba con especial interés. Al principio creía que yo era la destinataria de las miradas, porque en un pueblo nos conocemos todos y me saludo con todo el mundo. Me extrañaba que alguna persona incluso se diese la vuelta, por lo que empecé a contemplar la posibilidad de que las miradas fuesen por ella y no por mí. Lo comprobé la tarde en que la llevé a mi casa. Bajamos a la playa. Yo estaba tumbada y Lola, grabando con la cámara hasta el mínimo detalle mientras me hacía preguntas. Cuando llegaron mi hermana y mis hijas, las saludé y ellas se quedaron paradas, mirándonos con la boca abierta.

—¿Pasa algo? —me interesé algo asustada.

—Mamá, ¿tú qué haces con Lola Dueñas? —preguntó mi hija.

—Madrina, ¿ésa no es Lola Dueñas? —añadió mi hermana. Lo era, pero yo no era consciente de los papeles importantes que había interpretado. Para mí, Lola era una muchacha estupenda que iba a trabajar en la película de Alejandro Amenábar sobre Ramón.

A mí me sonaba muchísimo el apellido Dueñas, pero hasta que me di cuenta de todo lo que desconocía sobre ella, no me sentí con confianza para preguntarle si tenía algún parentesco con Nicolás Dueñas. Al mencionárselo, Lola se identificó como su hija.

—¿Tú eres la hija de Nicolás Dueñas? —le pregunté.

—Sí.

—No puede ser.

—Que sí, que lo soy.

Esto me hizo entender que enjuiciamos a las personas que vemos en el cine o en la televisión a la ligera, sin conocerlos, y sin darles una oportunidad para que se defiendan. En cierto modo, me sentí afortunada, porque en ningún momento traté a Lola como una actriz que tenía su carrera bien encauzada. Desde el primer café que tomé con ella le quise hacer un favor a Lola por su profesionalidad, no intentaba quedar bien con la actriz Lola Dueñas a quien —excepto yo— todos conocían.

Lola trabajó su papel durante toda la semana, grabó nuestras conversaciones e intentó coger el sonsonete gallego. Tiene sus riesgos, porque una vez que te entra en el cuerpo es muy difícil no hablar cantando.

Cuando empezó el rodaje me daba la risa, porque Lola me llamaba y me decía: «No te va a gustar, no te va a gustar». Yo comprendía que, aunque hiciese de mí, se trataba de una película y no tenía por qué ajustarse a la realidad.

Lola pidió que la caracterizasen con mi pelo. También quería llamarse Ramona en la película, porque le gustaba más que Rosa. La sugerencia del pelo fue aceptada al momento y le pusieron extensiones, pero no consiguió que le cambiasen el nombre. Creo que no aceptaron el cambio porque, aunque desconocían mi implicación, pues yo aún no había contado que había ayudado a morir a Ramón, nadie quería complicarme la vida.

Para despedir la semana, hicimos una churrascada en el bar de mi cuñado y, de nuevo, todos los amigos de la pandilla se sorprendieron de que estuviese con ellos Lola Dueñas. Quizá la más sorprendida era yo por lo mucho que les chocaba a ellos. A mí, Lola me parecía una chica simpática, sencilla, sensible y trabajadora. Una persona que vale la pena conocer.

En el último trimestre de 2003 comenzó el rodaje de *Mar adentro*. Javier Bardem, quien interpretaba a Ramón, quiso pasar un día conmigo para hablar sobre él y la relación que nos unió para siempre. Javier estaba completamente volcado en el personaje. Creo que cuajó una gran interpretación. Ese día, al recordar a Ramón con el actor que le iba a dar vida en la gran pantalla, me emocioné y lloré desconsolada por el respeto que Javier Bardem profesaba a la persona que amé con devoción.

Sólo estuve dos veces con el equipo de *Mar adentro* durante el rodaje en Galicia y las dos, salí con lágrimas en los ojos. La primera fue la tarde que me reuní con Bardem en el hotel Río Azor, donde el equipo estaba hospedado, en Palmeira, en el ayuntamiento de Riveira, cuando él trabajaba el papel.

El revuelo que provocaba la película me dejaba desconcertada. Me encontré con las estrellas del cine que veía por la tele y en vez de hacerme fotos con ellos, eran ellos los que pedían hacerse fotos conmigo. El mundo al revés. No entendía nada.

La segunda vez que se me escaparon las lágrimas fue cuando Mabel Rivera me contó que interpretaba a Manuela, la cuñada de Ramón. Las dos nos fundimos en un abrazo sentido y yo no pude reprimir el llanto, porque sentí como si fuese Manuela quien estuviera entre mis brazos. Para mí, representaba el abrazo que nunca había podido darle a una persona que apreciaba con el corazón por todos los años que había cuidado a Ramón. Las lágrimas ahogaron mis palabras. A Mabel no pude decirle nada. Sólo lloré y lloré, porque en ese momento sentía que era Manuela la que me abrazaba.

Sólo fui una vez al rodaje de la película. Coincidió con la escena en la que Ramón se despedía de su familia para marcharse a vivir a Boiro. En la vida real yo no había podido asistir a ese momento, porque llevaba unos meses sin ir a visitarlo a su casa de Xuño.

Al rodaje me acompañaron mi hermana Lupe y mis hijas, y no pudimos contener las lágrimas por la emoción. Yo estaba muy afectada y le di la espalda a la escena, porque ya no sabía qué era ficción y qué era realidad. Entonces noté que alguien me agarraba, me di la vuelta y me encontré con Javier Bardem perfectamente caracterizado de Ramón. Sentí que era mi Ramón y no Javier quien me rodeaba con sus brazos para darme el abrazo que tenía pendiente, porque la tetraplejía se lo impedía. Yo lloraba, mi hermana lloraba, mis hijas lloraban. El rodaje de *Mar adentro* se convirtió en un mar de lágrimas. Me quedé paralizada mirando a Javier, que es un hombre impresionante. Se parecía muchísimo a Ramón, aunque Ramón era mucho Ramón.

Sólo pude ver una vez *Mar adentro*. Fue en Madrid en un pase privado. Me emocioné muchísimo, aunque por una vez conseguí contener las lágrimas. Javier Bardem firmó una actuación de ensueño, como hubiese dicho Ramón; Belén Rueda hizo un gran papel en su primera película en la gran pantalla; Mabel Rivera, muy conocida en Galicia por la serie *Pratos combinados* pero desconocida para el resto de España, se convirtió en toda una revelación. Curiosamente, en la serie de la Televisión de Galicia regenta una tasca con su marido,

Ernesto Chao, quien fue el actor que interpretó a Ramón en el telefilme *Condenado a vivir*. Y Lola Dueñas estuvo brillante. Me robó sin darme cuenta mi caminar a saltos, casi de pato, y la mueca de la cara. «¡Es increíble, camina igual que tú!», me decían los que me conocen. En realidad, todos los actores estuvieron enormes.

En el pase privado entendí la preocupación de Lola durante el rodaje por si no me gustaba mi personaje. A mí me encantó la película, sobre todo su trabajo, aunque eso no quiere decir que me identifique con Rosa. Mi historia no se ajusta a la realidad ni tiene por qué. Lo entiendo, porque es una vida resumida en dos horas y es la historia de Ramón, no mi historia. En *Mar adentro* hay realidad y ficción perfectamente entrelazadas por Alejandro Amenábar.

Claro que Ramón jamás llamaría frustrada a su Osiña ni me pondría una mala cara. Yo tenía dos hijas, un hijo y un nieto (no dos hijos) y fui a verlo a su casa en mi coche con Rosa, no en bicicleta. Mis amigos, después de ver la película, me llamaban «la ciclista» por la escena de la bicicleta. «Anda, que no pedaleabas tú hasta Xuño», bromeaban.

Pese a pequeños matices, Amenábar sugirió la historia con sutileza, aunque no profundizó en el amor que sentíamos el uno por el otro. No le puedo poner ni una sola pega, porque recreó la vida de Ramón Sampedro, no la mía. Además, tampoco contaba con todas las coordenadas, porque todavía no había contado que yo lo había ayudado a marcharse. Cuando lo hice, temí que mis declaraciones repercutiesen negativamente en la película, pero el periodista Nacho Abad me convenció de que sería un refuerzo positivo para la historia.

Intenté ver *Mar adentro* otra vez, con tranquilidad. Quería hacerlo en Boiro, la última parada de Ramón, con mi gente. Pero pasaron los meses y la película no se movió de los cines de Riveira ni de los de Vilagarcía de Arousa. Sentí mucha pena. Al poco tiempo la bajaron de internet y me regalaron una copia, pero me negué a verla por el respeto al trabajo de tanta gente.

Richi, mi hijo, me pedía que se la dejase ver todos los días. La película estaba en casa y yo le suplicaba que tuviese paciencia, que lo llevaría cuando se estrenase en los cines de Boiro. Pasó el tiempo y al final consentí que viese la copia pirateada porque me temía lo que al final sucedió. A mí me resulta imposible comprender que en Boiro, un ayuntamiento que aparece mencionado unas cuantas veces en la película, no se haya estrenado y sí en Riveira, del que no hay referencias hasta los créditos.

Y empezaron a llover premios que reconocían un gran trabajo. De los internacionales no fui muy consciente, pero la ceremonia de entrega de los Premios Goya la sufrí con muchos nervios. *Mar adentro* consiguió catorce estatuillas de las quince categorías a las que estaba nominada, convirtiéndose en la película con más galardones en la historia del cine español: Javier Bardem y Lola Dueñas, mejores actores; Mabel Rivera y Celso Bugallo, mejores secundarios; Belén Rueda y Tamar Novas, intérpretes revelación; mejor película; mejor dirección; mejor guión original; mejor música; mejor maquillaje y peluquería; mejor sonido; mejor fotografía, y mejor dirección de producción. Hubiese acabado antes si comenzase por el que no consiguió: la mejor dirección artística.

Antes de la gala, Lola Dueñas y yo nos enviamos unos mensajes por el teléfono móvil. Le deseé toda la suerte del mundo para que le diesen uno de esos cabezones que entregan. Aunque a ella no se lo decía para no desanimarla, no las tenía todas conmigo, porque competía con actrices de mucho nivel y prestigio como Pilar Bardem, Penélope Cruz y Ana Belén.

No me perdí un minuto de la ceremonia y mi nerviosismo aumentaba porque el premio a la mejor actriz protagonista se retrasaba. Cuando enfocaban a Lola, la veía tranquila. Si supiese los nervios que yo pasaba en mi casa. Finalmente, se lo concedieron a ella y salté de emoción y alegría. Como ella, que durante su discurso no se olvidó de mencionar a Ramón y a Ramona.

Al día siguiente me daba la risa, porque me felicitaba la gente por la calle como si el papel lo hubiese interpretado yo. «Enhorabuena por el Goya», me decían. Y yo respondía: «La enhorabuena hay que dársela a Lola, no a mí». Me sentí feliz por lo mucho que Lola había trabajado.

Durante la ceremonia también me dejaron con un nudo en la garganta las palabras de Javier Bardem cuando subió a recoger el premio. Se lo dedicó a su familia, al hospital de tetrapléjicos de Toledo, a la familia de Ramón Sampedro, a Ramona y, en especial, a Alejandro Amenábar y al propio Ramón.

Lo único que no me gustó, porque también le hubiese disgustado a Ramón, fue que en toda la ceremonia no se mencionó ni una sola vez la palabra eutanasia. Por primera vez acudía a la gala de los Goya un presidente del Gobierno, en este caso José Luis Rodríguez Zapatero, pero nadie le dijo que es necesario dejarse de rodeos y abordar de una vez el debate sobre la legalización de la eutanasia.

Los buenos propósitos se quedan en meras intenciones si no se trasladan al papel. Es necesario que los buenos deseos se plasmen en mejores actuaciones. No nos falle, Presidente, porque también le estaría fallando a Ramón.

El paseo triunfal de *Mar adentro* no terminó la noche de los Goya. Alejandro Amenábar tocó el cielo de Hollywood con la consecución de un Oscar a la mejor película de habla no inglesa. Y Alejandro también se acordó de Ramón en el momento en que recogía el premio cinematográfico más importante, además de mencionar a Javier Bardem y a Fernando Bovaira, el productor. A mí me pareció que era el reconocimiento merecido a un trabajo realizado con seriedad y respeto. Me alegré por ellos y por todo el equipo, aunque me quedó la pena de que Javier Bardem no estuviese nominado en la categoría de mejor actor y de que los artistas de maquillaje se quedasen a las puertas del Oscar.

Esa noche el gran triunfador fue Clint Eastwood con *Million dollar baby*, otro desgarrador testimonio que también aborda el tema de la eutanasia. Dos de dos. Para mí quiere decir que algo está cambiando, aunque mucha gente quiera mirar hacia otro lado.

Horas después, sobre las seis de la madrugada, me llamó una emisora de radio para entrevistarme y felicitarme por el Oscar. «Habrá que felicitar a Alejandro, a Bovaira, a Bardem, a Belén Rueda, a Lola Dueñas, a Mabel Rivera, a Celso Bugallo... a todos», les decía yo.

Por la calle se repitieron las felicitaciones y yo las recogía, aunque prometía trasladarlas a los que habían realizado un trabajo excelente. En cierto modo, lo estoy haciendo ahora.

Mar adentro ha contribuido a que no se apague el debate sobre la eutanasia. Los muchos millones de espectadores que han acudido a ver la historia de Ramón Sampedro y han salido pensativos del cine no pueden estar equivocados.

Personalmente, *Mar adentro* me ha regalado dos abrazos que no podré olvidar: el de Mabel Rivera y el de Javier Bardem. Los sentí como si me estuviese abrazando a Manuela y a Ramón.

Capítulo XI

SIETE AÑOS DESPUÉS

La televisión nunca me ha llenado el puchero. El 10 de enero de 2005, víspera de que se cumpliesen siete años de la muerte de Ramón Sampedro, confesé durante el estreno de *El programa de Ana Rosa*, en Telecinco, que había sido yo la persona que le acercó el cianuro para que acabase con su sufrimiento. Mi testimonio, el homenaje que le quería hacer a mi amor, causó un gran revuelo. Unos pensaron que lo había hecho por dinero; otros, por la fama; y la familia de Ramón, además de especular con las dos premisas, expresó públicamente su mayor desprecio hacia mí al día siguiente. No le contesté. Me mordí la lengua y espero seguir haciéndolo muchos años, tantos como me lo permita el sentido común.

Siete años guardé el secreto. Permanecí en silencio desde que aquel consejero me recomendó en las puertas del juzgado de Riveira que no contase nada. Durante siete años el corazón me pidió muchas veces que desvelase unos hechos —que ni mi familia sabía— y la cabeza de inmediato lo corregía y me indicaba que tenía un hijo por criar. Era un dilema. Como cuando Ramón me preguntaba si lo quería con el corazón o con la cabeza. Si le hacía caso al corazón, tenía que ayudarlo a marcharse. Si obedecía a la cabeza, lo intentaría retener más tiempo a mi lado.

Necesitaba contarlo, quería que todo el mundo supiese que había sido yo la que había complacido a Ramón y que lo había hecho por amor. Claro que lo confesé en un programa de televisión. Otra alternativa era haber salido al balcón de mi casa y gritar: «¡Lo hice yo!». Pero el resultado no hubiese sido el pretendido, porque no se habría enterado casi nadie y en el hipotético caso de que algún vecino hubiese contemplado la escena, habría pensado que había perdido definitivamente la cabeza.

Tampoco tenía prisa por contarlo. «Cuando tú quieras», me había dicho Ramón. La oportunidad se me presentó cuando el periodista Nacho Abad vino a entrevistarme para la revista *Así son las cosas*, con motivo del estreno de la película *Mar adentro*. Yo le seguía desde que empezó a colaborar con Ana Rosa.

Era un periodista de sucesos que me transmitía confianza.

Pudo haber sido otro periodista como Javier Ángel Preciado, el primero que me sacó en televisión, pero vino Nacho a hacer el reportaje y en persona se confirmó la sensación que me había producido con el filtro de la pantalla.

Después de hacer la entrevista por la película, le comenté que lo seguía desde que trabajaba con Ana Rosa, que tenía un asunto importante que contar en relación con la muerte de Ramón Sampedro y que podía ser de su interés.

Nacho me adelantó que Ana Rosa iba a regresar a la televisión tras su baja por maternidad y que él iba a ser uno de sus colaboradores. Ese día no le conté nada más. Tampoco me intentó sonsacar qué era lo que quería decir en relación con la muerte de Ramón.

—¿Y tú quieres hablar? —me preguntó Nacho. Nada más.

—Sí, lo necesito.

—Pues cuando pueda, vengo con calma y charlamos.

Quedamos en que él me llamaría. Un tiempo después, me anunció por teléfono que vendría el fin de semana siguiente para hablar.

Yo estaba decidida. En ningún momento pensé en la audiencia que le podía dar a Ana Rosa ni en el tanto que se apuntaba Nacho con mi confesión. Tan sólo quería contarlo.

Grabamos primero mi testimonio en mi casa. Al escucharlo, Nacho pronosticó que, cuando en Madrid viesen las imágenes con mis declaraciones, intentarían a toda costa tenerme en el programa para contarlo en directo. Pero me considero una persona responsable y le pedí que ni le plantease esa posibilidad a la dirección del programa. No puedo andar de plató en plató, porque no me gusta dejar solos a los padres de Manolo. Tengo a gala atender a todos los medios de comunicación; nunca me he negado, aunque con la condición de que se desplacen hasta Boiro o hasta Pobra do Caramiñal.

El vaticinio de Nacho se cumplió. Cuando la dirección del programa examinó las imágenes, me llamó para que fuese al plató. Me negué porque no lo veía necesario. Ya tenían el material y a mí me resulta muy complicado desplazarme por los abuelos. No es que no quisiese estar en el plató en directo, sino que no podía.

Estuvieron unos días rondándome con la misma respuesta: «No puedo». Hasta que encontraron una solución al problema. Me plantearon la posibilidad de dejar a los padres de Manolo en una residencia durante el fin de semana y así yo podía hacer la confesión en directo el día del estreno de *El programa de Ana Rosa* el lunes, 10 de enero, víspera del séptimo aniversario de la muerte de Ramón, para hacerle mi homenaje.

Consulté el asunto con mi pareja, fuimos a ver la residencia y nos pareció que allí iban a estar bien dos días. Sólo por eso fui al programa. Después de la confesión me pidieron que me quedase toda la semana. El problema se solucionaba con una llamada telefónica confirmando que los abuelos se iban a quedar más días, pero no les había llevado medicinas para tanto tiempo y no me acordaba del nombre. Además, me quería venir, porque ése no es mi trabajo. El que tiene tienda que la atienda, dice el refrán, y mi compromiso es atender a los abuelos.

Y sin contarle mi intención a nadie, el mediodía del lunes, 10 de enero de 2005, con Nacho Abad a mi derecha y Ana Rosa Quintana a mi izquierda —al revés, si se mira desde la perspectiva de un telespectador—, confesé al mundo que la sospecha que muchos tenían era acertada.

Confirmé que yo había ayudado a morir a Ramón, que lo hice por amor y que era mi forma de hacerle un homenaje para continuar con su pelea para que se despenalice la eutanasia. Además, relaté cómo pesamos el cianuro, que me puse guantes de látex y otros detalles que no repito porque a estas alturas del testimonio son inconsistentes.

Hasta para mi familia resultó una sorpresa. Sabían que iba al programa de Ana Rosa, pero no lo que pretendía contar. Manolo se emocionó en el plató de verdad, hasta creo que se asustó. El pobre no lo sospechaba. Le había hablado de Ramón, pero omití contarle cómo había sido el final de nuestra historia de amor. Él también había comido con Nacho Abad cuando abordamos el tema que nos traíamos entre manos y éste había hecho algún comentario al respecto, pero Manolo actúa conmigo como hacía yo con Ramón: no hace preguntas.

Luego le expliqué detenidamente mi decisión a mi familia y a DMD. Soy consciente de que a todos los miembros de la asociación no les sentó demasiado bien mi sinceridad repentina. Sopesé la posibilidad de informarles, de hecho, un amigo de la pandilla me recomendó que hablase con mi abogado, pero desatendí el consejo porque en siete años sólo Carmen Vázquez, la presidenta de la asociación en Galicia, se interesó por cómo me trataba la vida. Como no tenía un compromiso con ellos ni ellos lo tenían conmigo, decidí no comunicarle a DMD que iba a salir a la palestra para evitar que alguien me frenase otra vez, como había sucedido siete años antes a la entrada de los juzgados de Riveira.

El presidente de DMD, el filósofo Salvador Pániker, declaró en los medios de comunicación que mi confesión fue un «hecho positivo que puede contribuir a desdramatizar la eutanasia». Agradecí con el corazón su declaración, sobre todo por el peso de quien la hace.

Y Lupe, como cuando se encontró a Ramón muerto, se volvió a llevar otro susto. Se sentó delante del televisor para verme en el programa de Ana Rosa y se encontró a su hermana pregonando a los cuatro vientos que los dos Petitsuisse atados a una regla, a los que la Policía Judicial no había prestado atención, habían servido para pesar el cianuro. Ella intuía que la mano amiga había sido yo porque fui la persona que más cerca estuvo de Ramón los últimos meses, pero no se lo había confirmado abiertamente.

Lupe había leído a hurtadillas en una librería la carta que Ramón envió a la familia con la supuesta aclaración de cómo consiguió lo que todos le negaban y, aunque no se la creyó, le pareció convincente. Ramón relata que le pidió a un niño, quien no era consciente de lo que hacía, que echase en un bote de sal de frutas unas pastillas para dormir. Y al último que se había quedado con él para acostarlo «le pedí un vaso de agua con un poco de sal de frutas, y me dio, sin saberlo, el contenido de las píldoras para dormir». La última persona que ella había visto con Ramón era yo. Le quedaba la duda de si sabía qué contenía el bote de sal de frutas, que en realidad era de especias, o lo había hecho sin saberlo. Cuando me lo contó, le pregunté por qué no había comprado el libro, pues esa carta fue incluida a posteriori en la reedición. «Sería hacerle un feo a la primera, que me la dedicó Ramón el último día», me contestó. Ahora ya le había aclarado todas sus dudas.

—¿Estás bien, madrina? —me llamó al rato.

—Sí, lo estoy. ¿Por qué me lo preguntas?

—Por nada, es que te vi muy seria.

—Estaba contando algo serio y no me iba a reír —le contesté.

Lupe se preocupa demasiado por mí. No tengo miedo ni siento remordimientos. Si los tuviese, utilizaría la técnica del avestruz, pero me niego a hacerlo. Después de contarlo me quedé tranquila, contenta y orgullosa. Ramón se marchó orgulloso de mí y estoy convencida de que ahora también lo está o lo estaría, que no es lo mismo pero es igual.

Nacho Abad me había advertido con insistencia de la repercusión que iba a tener mi confesión. Yo me esperaba la repercusión social, pero no la manera en que saltó la familia. Carnaza para el amarillismo, y me remito a sus declaraciones para confirmar mi opinión.

> Nadie fue fuerte para darle lo que ella le dio a Ramón. Le quería tanto, le quería tanto... Las personas que le querían no le pusieron el veneno. Eso fue un asesinato. (Manuela Sanles)

> Mientras yo viva, Ramona Maneiro ha de ser la asesina. Ya no va a ser Ramona Maneiro; es una asesina como muchos que hay en el mundo. (Manuela Sanles)

> Queríamos luchar por la eutanasia que él quería, no la que le dio Ramona. Si la pudiera ver muerta, ahorcada, como ella ahorcó a Ramón, yo le haría lo mismo. (Manuela Sanles)

> Si lo hizo por dinero, que le sirva para la caja de la muerte de ella y si lo hizo para ser famosa, que sea famosa. (Manuela Sanles)

Que lo deje en paz y ella, que confiese su alma, pero nunca jamás la perdonaré. (Manuela Sanles)

De amor, nada. Por amor no se mata a una persona. Fue un crimen verdadero. (José Sampedro)

Suponemos que contando eso saca algún dinero, porque dicen que ahora tiene pareja y nos comentaron algunos vecinos que ni ella ni su pareja trabajan. No sé de qué viven. (José Sampedro)

Ramona se portaba muy mal cuando venía por aquí. Era muy sinvergüenza; una persona que no tiene ni cultura ni vergüenza. Esta mujer no tiene nada. (José Sampedro)

Queríamos que el Gobierno legalizase la eutanasia, pero no ese sufrimiento que ella le dio. Vaya usted a saber si ésa era la cantidad de cianuro que él pidió, porque ¿sabe lo que le digo?: no creo que Ramón fuera el primero al que ella mató así. (José Sampedro)

Son palabras muy fuertes. Para leer, para escuchar y mucho más para ser el destinatario. Y todas han aparecido recogidas en la prensa. De mi boca hacia la familia de Ramón no ha salido un insulto o una declaración malintencionada. Sólo les advertí que el que juega con fuego acaba quemándose.

Por respeto a Ramón, espero seguir así toda la vida, porque sé que los quería. Me apena que no sean capaces de comprender lo que él les dejó escrito en la carta de despedida: «A veces demostraríamos más amor por una persona si le ofreciésemos ayuda para morir antes que para vivir. Os quise lo mejor que supe y pude. Todos me quisisteis del mismo modo. Sólo puedo pagaros con la mayor muestra de gratitud: muriéndome. Y vosotros, respetando mi voluntad».

Conté cómo le demostré mi amor a Ramón sin cobrar un euro, porque nunca lo había hecho. Por si mi palabra no es suficiente para certificarlo, Ana Rosa empeñó el crédito de la suya en directo.

—Al menos te pagarían el viaje —me preguntaron varios amigos.

—Sólo faltaba —respondí. Es que si no, necesitaría un tiempo de cocción más, porque no me puedo permitir dejar a *meus velliños* en una residencia y marchar a los Madriles. Incluso en mi pandilla hay gente que me llama parva por no haberme embolsado un dinero que me vendría como agua de mayo.

Otro asunto es que te contraten de colaboradora, como cuando hacía un resumen a la semana como defensora del espectador en el programa *Qué serán* de la Televisión Española en Galicia. La televisión nunca me ha llenado el puchero ni tampoco lo pretendí.

Al día siguiente de mi confesión, la titular del Juzgado de Instrucción número 2 de Riveira, María Isabel Castro, decidió reabrir el caso a petición del ministerio fiscal del Tribunal Superior de Xusticia de Galicia. Nacho Abad me había comentado que la responsabilidad penal del delito se había extinguido porque ya habían pasado cinco años y había prescrito, pero yo no lo sabía ni había calculado la fecha cuando le comenté a él que quería sincerarme de una vez por todas.

Me citaron el 9 de febrero para declarar en el juzgado de Riveira. Lo hice durante una media hora y repetí lo mismo que había contado en televisión a principios de enero. En la prensa se apuntaba que me podrían preguntar por si había más personas relacionadas con la muerte de Ramón, pero la jueza no lo hizo.

Finalmente, el 18 de febrero me enteré por la mañana de que la jueza declaraba extinguida mi responsabilidad penal porque el delito había prescrito. Me llamaron de una radio para darme la noticia, que había aparecido publicada por la mañana en *La Voz de Galicia*. Y yo, como siempre, fui de las últimas en enterarme.

Yo ya he hecho mi trabajo por la lucha de Ramón para conseguir que se legalice la eutanasia. Ahora es el turno de los políticos para que hagan una ley a la que el individuo pueda agarrarse cuando lo crea conveniente. Para mí significó una victoria de Ramón y de la causa que defendía, que no era otra que el derecho a morir con dignidad, como había vivido, aunque él se negase a reconocerlo.

Al conocerse la noticia, Manuela Sanles, la cuñada de Ramón, tampoco se apiadó esta vez de mí: «Por mí la querría encerrar toda la vida por ser tan mentirosa, pero si la justicia lo cerró, está cerrado». Me consideró «la mujer más asesina que hay en el mundo» y valoró que «debería pagar como todos, no anda más que al dinero. Si la justicia lo cerró, ahora que la dejen para hacer otra», concluyó.

Y yo callo. Por Ramón.

Después de narrar cómo había depositado en la bandeja el cianuro para que Ramón Sampedro acabase con lo que más le dolía, la vida, no fueron sólo críticas las que recibí. Hay mucha gente que me apoya y me lo hace saber.

Me hizo especial ilusión el final del delicioso libro, publicado en febrero de 2005 por Elea Editorial, *Confieso mi cobardía,* escrito por el periodista, profesor universitario y escritor, además de amigo de Ramón, Florencio Martínez Aguinagalde, del que tomo prestado su último capítulo para ofrecer una visión que puede abrir muchas mentes, porque no tiene el sesgo de mis sentimientos.

La Cadena Telecinco estrenó el 10 de enero de 2005 un programa de esparcimiento. En principio, nada nuevo bajo el sol catódico: una presentadora con atractivo para quienes carecen de grandes preocupaciones intelectuales, más cotilleos, chascarrillos, entrevistillas...

De repente, la pantalla del televisor se iluminó como el mar en la noche al recibir el impacto de un rayo; de repente, en la pantalla del televisor se produjo un alzamiento de luz entre tanta tiniebla... De repente, en la pantalla del televisor apareció Ramona Maneiro, Moncha.

Hacía años que no había visto a Moncha en imágenes. Poco había cambiado: el rostro, igual de terso que en las fotografías de prensa de siete años atrás, cuando la Guardia Civil la conducía al juzgado para que prestara declaración por su presunta participación en la muerte de Ramón Sampedro. Su mirada, igual de vivaz que en aquellas imágenes. Brava, corajuda, algo desafiante, con rictus de sorna. Tal vez, el único cambio perceptible era que a sus negros cabellos les habían aflorado unas canas en las sienes.

Allí estaba Moncha, en los estudios televisivos, justamente la víspera de que se cumplieran siete años de la muerte de su amigo Ramón.

¿Por qué había acudido Moncha a Telecinco? ¿Para qué?

Cuando comenzó a hablar, sus palabras fueron un cataclismo: ella suministró a Ramón el cianuro que acabó con el sufrimiento de su amigo tetrapléjico.

Fue Moncha quien siguió las pormenorizadas instrucciones de Ramón: en un platillo de una balanza, una aspirina aplastada; en el otro, la cantidad de cianuro que equilibraba ambos platillos. Después, en un vaso (manejado con guantes, para no dejar huellas) cierta cantidad de agua. Esperar a la disolución. Más tarde, colocar el vaso con una pajita sobre la mesa, ante la cabeza de Ramón; conectar la cámara de vídeo que registrará la absorción de la pócima… y esperar.

Moncha confesó que Ramón le prohibió que le besara en los labios después de que sorbiera el veneno, para impedir su posible muerte. Moncha observó a su amigo sorber la pócima. No pudo aguantar mucho tiempo. Se retiró al cuarto de baño. Después abandonó la casa.

Ramón Sampedro consiguió gracias al amor de Moncha («lo hice por amor», explicó) que su ser («una cabeza pensante pegada a un cuerpo muerto») se despreocupara para siempre del dolor de la falta de libertad y hasta de la dignidad inherente a toda persona.

Las reacciones a la confesión de Moncha saltaron como chispas bajo los cascos de caballos desbocados: la cuñada de Ramón la tildó de asesina; a pesar de que el presunto delito había prescrito tiempo atrás, desde la caverna se oyeron voces que instaban a la fiscalía a reabrir el caso; otra jauría afirmaba que si Moncha había confesado su participación en un programa televisivo sólo era por dinero y afán de notoriedad...

Al otro lado de la trinchera también se alzaron voces a favor de Moncha: un grupo de amigos de Ramón confesó que cada uno de ellos (Xosé, Marta, Roque y Pepe) había participado de alguna manera en la cadena de eslabones que acababa en Moncha. Lo confesaban en la playa de As Furnas, allá donde Ramón se quebró la columna y, a la sazón, su vida. En esa playa donde una placa recuerda el lugar exacto desde el que Ramón Sampedro realizó el penúltimo salto hacia la mar de su vida.

El último salto lo dio gracias a la ayuda de Ramona Maneiro, Moncha, todo coraje.

¿Cuándo la sociedad española tendrá ese coraje para enfrentar el tema de la eutanasia y evitar casos y suicidios tan dolorosos como el de Ramón Sampedro? ¿Cuando figure en el programa electoral de algún partido político que venza en las elecciones generales?

Con tal de que haya una persona que piense esto y además se atreva a escribirlo, el sufrimiento habrá merecido la pena.

Capítulo XII

LA CARTA QUE TE DEBÍA

Perdona por el retraso. Sé que llevas siete años esperando esta carta. La quise escribir al día siguiente de tu marcha, pero te hice caso y dejé que pasase un tiempo para confesar que fui yo quien estuvo a tu lado aquella madrugada del 12 de enero de 1998. ¿Quién si no? Te lo había prometido y tu Osiña se siente orgullosa por no haberte fallado.

También me demoré siete años en la entrega de la carta que dejaste para mis padres. Lo cierto es que no se la di en mano, se la leí en voz alta a los destinatarios y a toda la familia. Espero que no censures mi decisión. Lo hice dos semanas después de confesar en un programa de televisión que había ayudado a morir a Ramón Sampedro, a la persona que amaba, a ti, amor.

La confesión causó el revuelo que aventurabas. No

temas, yo me sentí aliviada, pero tu familia volvió a las andadas y me llamó de todo. Entonces me dije que era el momento adecuado para leerles tu carta, porque no quería que mi madre —papá, por esos días, no se enteraba de mucho— se hubiese formado una idea equivocada de Ramón Sampedro. Mamá no me decía nada, pero yo notaba su dolor al ver cómo arremetían contra su hija y la insultaban. Aunque yo estaba tranquila, quería que ella no se preocupase.

No fue fácil reunir a toda la familia —hermanos, cuñados, hijos y parejas— en la casa de mis padres. La carta era sólo para Ramona Castro y para Isolino Maneiro, pero me pareció apropiado que estuviesen todos para no tener que ir de puerta en puerta dando explicaciones. Tuve que aplazar la lectura una semana hasta que todos pudieron acudir a mi llamada. No me importó. Si había esperado siete años, también podía aguardar siete días.

Y llegó ese momento. Mis hermanos se preguntaban para qué los había citado ese domingo, aunque como habían visto la televisión, eran conscientes de que se trataba de algo importante. Lo que iba a suceder sólo lo sabían Lupe y Manolo. Nos arracimamos alrededor de mi hermano. Lo consideré el más indicado para leer la carta porque está acostumbrado a llevar la voz cantante en las subastas de pescado. Yo me cobijé detrás de mi hermana Lupe, que me agarró la mano. Manolo empezó a leer y me concentré otra vez en tus sabias palabras. Me emocioné, pero conseguí aguantar el tipo porque no tenía la mínima duda de que, si se me escapaba una lágrima, contagiaría al resto y acabaríamos todos llorando.

Cuando Manolo terminó las dieciocho cuartillas se hizo el silencio, la paz se instauró en toda la casa. Mi madre no dijo nada, pero la emoción iluminaba su cara. Se levantó y dio un par de vueltas sin saber hacia dónde ir. Tenía lágrimas en los ojos. Sobraban las palabras. La notaba muy contenta por comprobar que no habías engañado a nadie y que no te habías aprovechado de mí, como pudo haber pensado mucha gente.

Fue un momento intenso. Para la familia resultó un bálsamo, sentí orgullo porque la carta estaba caligrafiada por ti y eran tus palabras. Mis padres sabían poco de nuestra relación y las críticas que aparecían en la prensa y en la televisión los habían confundido. No comprendían muchas cosas, pero no hacían preguntas. Sólo me apoyaban sin pedir cuentas ni explicaciones.

Para mí, haberles entregado la carta fue un respiro, tanto, quizá más, como hacer las declaraciones en televisión. Tenía muchas ganas de que supiesen que tú los apreciabas por lo que yo te había contado, a pesar de que no los conocías.

Mis padres siguen delicados, aunque, como sabes, papá ya lo estaba. Mamá tiene la tensión desajustada y el riñón un poco estropeado, pero como te contaba, es una mujer valiente, luchadora y fuerte pese a sus sesenta y muchos años. Papá está peor. Arrastra problemas de bronquios y de corazón y nos preocupó por una úlcera sangrante, aunque desde que ha pasado por el hospital lo han dejado kilómetro cero, como a los coches.

Mamá es una peleona, una trabajadora infatigable. Sigue metida en la tierra, con sus patatas y sus verduras. Papá la acompaña de lejos con la mirada, pero ya no se siente con fuerzas para ayudarla. Incluso ha dejado de salir de paseo en bicicleta. Hasta subir las escaleras le cuesta trabajo. Van tirando, que no es poco.

A Lupe le dimos el susto de su vida con la jugarreta. Si llegas a saber que estaba embarazada, quizá no te hubieses marchado sin despedirte. Como esperabas, ella te encontró por la mañana, pero no te lo ha tomado a mal porque tampoco ella te había contado que esperaba un hijo. Sí, Lupe y Juan ya son papás. Cuando veo a Pedro me doy cuenta de que el tiempo se escapa como la arena de la mano. Ya han pasado siete años desde que te has ido y a mí me parece que fue ayer. A Lupe y a Juan les están saliendo las cosas. Ahora tienen un bar en propiedad, se han comprado un piso y, como a todos, las letras los aprietan. De vez en cuando les comento que podían trasladar el negocio al centro de Boiro, pero descartan estudiar mi sugerencia porque, según ellos, se deben a la clientela. Continúan siendo muy responsables.

Los primeros meses, Doña —como la llamabas— no levantó cabeza. Se le juntaron las dos cosas: el susto y el hijo. Para elegir el nombre barajaron el tuyo en un principio. Pero como en la familia había muchos Ramones y Ramonas, al final se decidieron por Pedro porque era el nombre del hermano de Juan que había fallecido y tú eres Ramón Sampedro. Fue una decisión tomada con pillería.

De alguna manera, están muy agradecidos por todo lo que les has enseñado, por lo mucho que confiabas en ellos y, además, están orgullosos de haber conocido a una persona luchadora como tú. Te defienden a capa y espada. Cualquier crítica que recibas, hasta la más tibia, hace que Doña salte como si tuviera un resorte. Le molesta que la gente hable de ti sin saber. Te han llamado hasta cobarde. Sé que a ti te hace gracia, pero a Lupe le fastidia mucho, porque cree que eres la persona más valiente con la que se ha topado. Pedro ya tiene seis años y es un charlatán. Empezó a hablar antes que a caminar y es un listillo. Le encantan el pico y la pala, los martillos y trabajar. Está siempre «muy ocupado».

Ya conoces a Juan. Es un hombre muy reservado, aunque su trabajo lo obligue a relacionarse con mucha gente. Él te echa de menos en silencio. Casi se me olvida, tengo otra buena noticia: la pareja feliz va a tener otro hijo.

Ahora me doy cuenta de que no tenía razón al preocuparme tanto por el futuro de Yoli y de Inés. Tú siempre las veías responsables y sanas, mientras yo las consideraba rebeldes, como lo había sido yo.

Me desesperaba con ellas y nunca podré pagarte lo mucho que me has animado y consolado. Las dos conectaron contigo, aunque no sé quién se lo pasaba mejor: si tú con ellas o ellas contigo. Les afectó mucho tu marcha, aunque también se callan sus sentimientos.

Yoli empezó de camarera. Cuando los dueños dejaron el bar del Centro Cultural de Boiro, ella tomó las riendas. Estuvo dos años, pero no le daba nada, aunque ella valía mucho. Le ofrecieron otros trabajos de camarera, pero prefirió emplearse en una panadería, porque la hostelería ata demasiado.

Te haría mucha gracia ver a Sami, mi nieto, el hijo de Yoli, el que te alegraba las tardes gateando por tu cama. Recuerdo que a ti te extrañaba que no te llorasen ni él ni Richi. Como ha oído hablar tanto de Ramón, a todo el mundo le cuenta que estuvo en tu regazo y explica con orgullo que se acuerda mucho de ti. «Yo me acuerdo de esto, de lo otro. Yo era amigo de Ramón», asegura. Le intento explicar que es imposible con siete meses que tenía, pero no hay quien lo desdiga.

Yoli me va a hacer otra vez abuela. El tiempo pasa sin darnos cuenta.

Inés, la pequeña, tu ojito, esa adolescente que te empeñabas en que grabase con la cámara y ella torcía la cara avergonzada, está cada vez más guapa. No quiso estudiar. También ha dejado de jugar al ajedrez, con lo bien que se le daba. El último año de la ESO lo malgastó vagueando. Las dos niñas tenían aptitudes para los libros, pero no te hicieron caso. Yoli abandonó Formación Profesional e Inés se marchó a trabajar a Mallorca al cumplir los dieciocho años. Son hijas de su madre: querían ganar dinero para independizarse.

Inés aprendió muchísimo el año que pasó fuera de casa. Cuando volvió, era una mujer distinta de la que se fue. El cambio no sólo fue de imagen, también maduró. El día que hizo las maletas no sabía ni freír un huevo, pero empezó a telefonear para pedirme recetas. Las llamadas me animaban, porque me daba cuenta de que luchaba por salir adelante y de que, al menos, no pasaba hambre. Como madre tenía miedo, pero tú tenías razón: es una gran chica y mis temores eran infundados. Trabajó en un supermercado haciendo de todo, luego ascendió a encargada de la panadería cafetería. Estaba muy contenta, pero vino dos veces de vacaciones, en Navidades y en Semana Santa, y tropezó con el amor en la puerta de casa. Conoció a Fran, un chico estupendo, y se quedó.

Primero se dedicó a la hostelería, pero como le ocupaba los fines de semana, acabó enredada en una conservera. Yo no quería, pero cada uno tiene que elegir su camino. Lo único que puedo hacer es intentar apartarle las piedras, nada más. Eligió el turno de noche, trabaja en Pobra do Caramiñal y es feliz, aunque con el problema de que le hacen contratos por unos meses y luego la mandan a la calle una temporada. Nada nuevo en el mundo de la conserva. Así no hay manera de que pueda comprarse un piso y tener una independencia decente, pero sigue en la pelea.

Cuando Inés regresó de Mallorca se instaló con Yoli

para ayudarse con los gastos, pero ahora la mayor vive con su pareja y tu ojito derecho, sola.

Sobre ti nunca hemos hecho comentarios. Ni siquiera ahora, que ya saben que te acerqué el vaso con la pajita para que sorbieses la pócima de la libertad. Los primeros días las sorprendí haciendo sus quinielas sobre quién había sido la mano amiga.

—¿Volvió mamá contigo para casa? —le preguntó Yoli a Inés.

—Sí, cuando salí de la discoteca fui a buscarla al piso de Ramón y nos vinimos las dos para casa.

—Esa noche no pudo haber salido, porque no escuché ruidos y por la mañana nos preparó el desayuno. Mamá no pudo ser. ¿Quién sería? —Yoli intentaba buscar una respuesta, pero a mí nunca me lo preguntó.

Tampoco les aclaré nada para que no se viesen involucradas. Eso lo aprendí de ti. Fue un poco duro cuando me detuvieron, pero no tengo la sensación de que les haya afectado demasiado, porque veían a su madre inocente. Y realmente lo era. Si de algo soy culpable, es de quererte.

No te entretengo más con ellas, sólo quería que supieras que te echan de menos y que ninguna de las dos juega ya al fútbol. Hemos perdido una gran portera y una excelente centrocampista, a juicio de su madre.

Creo que me estoy extendiendo demasiado, pero también son demasiadas las cosas que tengo que contarte. Doy por supuesto que tendrás tiempo, siempre te ha sobrado. Además, no hace falta que leas la carta de un tirón, lo puedes hacer a ratos.

Richi es ya un mozo a sus doce años. Él no se dio cuenta de casi nada de lo que sucedió. Lo único que le sorprendió fue el alboroto de la prensa delante de casa, aunque salía a la calle para jugar con los periodistas como si nada. Mi único temor era que le sacasen una fotografía para publicarla. Richi de vez en cuando me habla de ti. Recuerda los dibujos que le hacías y no olvida que le aconsejaste que cuando se tire desde las rocas al mar tenga mucho cuidado. El ejemplo de lo que le puede pasar lo tuvo delante. «Tranquila, mamá, que recuerdo lo que me decía Ramón», me advierte antes de irse a bañar en verano. Richi es como tú, un valiente.

Recuerdo que me decías que todos los niños eran tuyos y, de alguna manera, mis hijos también, porque no tuvieron suerte con sus padres, aunque más preciso sería decir que no la tuve yo. Pues tus niños crecen sin más contratiempos que los arañazos que se hacen cuando juegan. Decías que había que consentirles las travesuras y lo hago. Cuando Richi hace algo mal, antes de que lo reprenda, me dice: «Recuerda, mamá, lo que te decía Ramón». Sami y Pedro ya han aprendido el truco para librarse del castigo.

Mis hermanos, a los que no llegaste a conocer en persona, continúan lidiando con la vida, dando vueltas como la peonza que intenta por todos los medios rodar y rodar para seguir en pie.

Isolino es la calamidad que todos adoramos. Creo que los dos hermanos mayores —él y yo— somos las ovejas negras, los rebeldes de la familia. Fue marinero, albañil, carpintero, hizo múltiples cursillos, desde fontanería hasta electricidad, pero nunca tuvo un trabajo estable. Y sigue leyendo casi tanto como tú. Es una pena que no quisiese ir a la escuela, porque inteligencia no le faltaba. Su azarosa vida comenzó el día en que le sisó por primera vez el vino de misa al cura, cuando era monaguillo. Desde entonces ha ido por la vida dando tumbos. Te había contado que estaba casado con una prima y que tenía dos hijos, pero se separó. Luego estuvo con una profesora de instituto seis años. Teníán más cosas en común de las que me podía imaginar, pero lo acabaron dejando. Isolino siempre fue un luchador por los derechos de la gente, pero ha llevado más palos que un pulpo.

Ahora vive con mis padres, que también son los suyos, de una pensión pequeña. Está a gusto con la vida porque se pasa el día leyendo. Y él no necesita nada más.

A mí me sigue Narciso, que continúa en A Coruña en la zapatería de reparación de calzado de su suegro. Ya tiene tres hijos y vive sin grandes sobresaltos. Creo que ha encontrado su lugar en el mundo.

Beni, Benigno, como el resto de los hermanos, se ha buscado los garbanzos en todos los oficios imaginables. Ahora Beni es marinero, se ha establecido en Artes, en Riveira, y nos vemos a menudo. Una niña le alumbra los días que sale al mar a faenar para que regrese pronto (con que regrese ya es suficiente).

Y por último —porque de Lupe, tu Doña, la benjamina, ya te he hablado— está Manolo. ¿Lo recuerdas? El padrino de Richi, el hermano que crié porque le llevo once años. El padrino me considera su segunda madre y es el que está más pendiente para que no me desmorone. Me decías que Manolo iba a llegar lejos y cuando suceden los acontecimientos que aventuraste, me sorprendo por tu ojo clínico. No se ha movido de la zona, pero ahora es el patrón mayor de la cofradía de pesca de Pobra do Caramiñal. Es inteligente, decidido y tiene la pillería del marinero que olfatea a la primera los mejores caladeros para soltar redes. Su mejor captura ha sido el matrimonio. El padrino ya tiene dos hijos y la felicidad le desborda la perilla que se suele dejar.

A todos, excepto a Doña y a los niños, los conociste a través de mí. Sabes que los adoro y me adoran. Y a ti te respetaron y te respetan. Nunca fueron centinelas de nuestro amor y después de enterarse de que había sido yo la persona que te había ayudado, me han demostrado que desde el principio han estado de nuestra parte.

Mi familia me apoya sin reservas. Empiezo a creer que la prudencia es un rasgo hereditario. Yo no te hacía preguntas y mi familia no me las ha hecho a mí. Así es mucho más fácil no tener que dar respuestas.

Puedo notar a través del papel que estás poniendo un gesto de censura porque todavía no te he contado cómo me ha ido a mí. A los pocos meses de tu marcha cerró la conservera y luego, tuve que buscar la manera de llenar la olla de habichuelas. Primero cuidé a una señora en Boiro y después a un minusválido en Santiago. Iba y venía todos los días, pero me di cuenta de que estaba desatendiendo a Richi y regresé. Por las mañanas asistía a una señora enferma de Alzheimer y por las tardes, a una pareja de señores mayores hasta que…

¿Recuerdas a Manolo, O Neno, el chico de la gasolinera del que tantas veces te hablé? ¿Me lo has enviado tú? Tenía unas ganas tremendas de hacerte esta pregunta. Un día me dijiste que quizá Manolo fuese esa persona que me merecía y yo no pude contener la carcajada. Me rondaba con educación, yo no le hacía caso y tú me soltaste ese comentario. También te comprometiste, sin pedírtelo, a enviarme a alguien. Yo me daría cuenta de que venía recomendado por ti por la forma de besar. Como tú, Ramón, no besa nadie; aunque, como me pasó contigo, me costó el mismo trabajo llegar a ese momento mágico en el que se cierran los ojos y el mundo se detiene.

De nuevo tengo que darte la razón. Manolo me quiere y me respeta. Decir que me merece, aunque a ti te lo parezca, sería demasiado presuntuoso por mi parte. Llevamos unos cuatro años de relación y soy feliz a su lado. A Manolo se le murió su mujer, Moncha, y como le he contado que intento hablar contigo todas las noches, a veces me pide que te diga que si la encuentras en algún punto del universo, os hagáis compañía. Manolo tiene dos hijos que ahora también son míos, aunque la palabra *madrastra* suena mal al pronunciarla: Lucía, de veinticinco años, y Manuel, de dieciocho. Lucía estudia en Pontevedra y Manuel en Santiago. Son dos chicos excelentes.

Vivimos en A Ribeiriña con sus padres, que están muy delicados. Ahora mi trabajo es cuidarlos. Manolo tampoco hace preguntas, me presta el hombro sin pedir explicaciones. Y no es poco.

Tú me pediste, antes de marchar, que tuviese paciencia con tu familia y que fuese generosa, porque quizá un buen día se pudiesen solucionar los problemas. Ese día te contesté que lo veía difícil, que si no se arreglaban contigo como mediador, después sería imposible.

Han pasado siete años y me duele tener que comunicarte que en este asunto estabas equivocado, eras demasiado optimista. Yo tenía razón. No sólo los problemas no se han arreglado, sino que la relación se ha deteriorado más. Tu familia sigue sin quererme. No les puedo reprochar que no me quieran, pero sus palabras son puñales que me zahieren, porque no soy tan insensible como para que me dejen indiferente.

Intento comprenderlos, como me suplicaste, aunque ellos no me entiendan a mí. Quiero hacerlo y, hasta el momento, he aguantado. Me muerdo la lengua porque te quiero y te respeto. Y lo seguiré haciendo, pese a que señalaste la raya que nunca podrían sobrepasar.

Lo han hecho por muchos cuerpos, pero no me importa, sólo me duele. Me conformaría con que tu familia no me odiara.

Gracias por transmitirme entereza y fuerzas para no caer en el pozo de la desesperación. Con tu apoyo, seguiré teniendo paciencia.

Siento en el alma que tu voluntad no haya sido respetada, pero yo era la dueña de tu amor, no de tu cadáver. Lupe me comentó que, siguiendo tus indicaciones, llamó a Vigo para informarse sobre los trámites necesarios para que fueses incinerado. Sólo hacían falta un notario y dos testigos, pero ella me dijo que llegaste a la conclusión de que tenías que haberlo hecho antes.

También lo dejaste por escrito en el poema *Cando eu caia*, pero no te hicieron caso. Te enjaularon en un nicho. Yo hubiese preferido que tus cenizas volasen libres por A Curota, por mi playa y por el mar, como deseabas. Por supuesto, no asistí al entierro, porque me hubiese sentido una hipócrita y no habría podido mirarte nunca más a la cara. Tampoco he acudido a los homenajes que te han hecho para sortear las miradas y los comentarios, porque todos estarían pendientes del encuentro con tu familia. La prudencia me aconseja que no vaya y creo que me lo estás recomendando tú. Corrígeme si no es así. El mejor homenaje que te podía hacer era confesarlo todo y escribirte esta carta.

Me has dicho muchas veces que nunca me harías un reproche, pero en este momento soy yo la que te lo hace a ti. Dime por qué elegiste el cianuro para marcharte. ¿No había otro método? ¿Sufriste? Yo sí lo hice.

Casi se me olvida contarte que un director muy importante, Alejandro Amenábar, ha hecho una película sobre tu vida. La tituló *Mar adentro* por el poema. La película ha tocado el corazón de medio mundo y ha sido premiada con un Oscar. De ti, ha hecho Javier Bardem y de mí, Lola Dueñas. Han firmado una interpretación excelente. No pongas esa cara, sé lo que estás pensando. Tranquilo, los niños no salen del cine diciendo «de mayor quiero ser como Ramón Sampedro». Eres un socarrón, lo sabes.

Por tu casa de Xuño no he vuelto, pero he leído que Manuela, tu cuñada, la persona que te cuidó tantos años con esmero, tiene la habitación igual que cuando la dejaste. El piso desde el que diste el brinco estuvo tres meses cerrado por una orden judicial. El dueño ya lo ha alquilado y hay gente que peregrina hasta la puerta. Con el éxito que ha tenido la película y la reedición de tu libro, no me extrañaría que las agencias de viaje ofrezcan pronto el tour Ramón Sampedro. La socarrona he sido yo ahora. Voy aprendiendo.

Casi nada ha cambiado. En la zona hay las mismas casas, pero con menos gente. Y en la playa de A Ribeiriña el sol continúa haciendo malabarismos al reflejarse en el espejo de agua.

Acabo ya. He sido feliz a tu lado. Sé que me quisiste y, como decías, te quise de la mejor forma que supe. Continúo con tu lucha. Y muchas, muchas gracias por avisarme de que estabas bien en un sueño. Fue precioso. Arrojabas enfadado las muletas para venir hacia mí caminando. Ese día me desperté aliviada porque era la señal con la que me indicabas que estabas bien y que permanecerías para siempre a mi lado.

Así lo siento, te siento y te quiero,

TU OSIÑA

P.D. Pronto te enviaré el libro que he escrito sobre nuestra relación. Gracias por guiarme durante el relato. «A Ramón, que todas las noches me guiña un ojo desde la estrella que parpadea.» ¿Te gusta la dedicatoria?

ANEXO

CARTA MANUSCRITA DE RAMÓN A LOS PADRES DE RAMONA

BOIRO 1-11-97

QUERIDOS RAMONA CASTRO
E ISOLINA MANEIRO:

SE RECIBIDES ESTA CARTA,
É PORQUE A NOSA FILLA
MONCHA CUMPREU A PRO-
MESA ~~DE~~ AXUDARME A
1 POR AMOR —
POR FIN Á MIÑA VIDA.

EN PRIMEIRO LUGAR
QUERO QUE SEPADES QUE
AMEI A MONCHA COA
ADMIRACIÓN E RESPETO

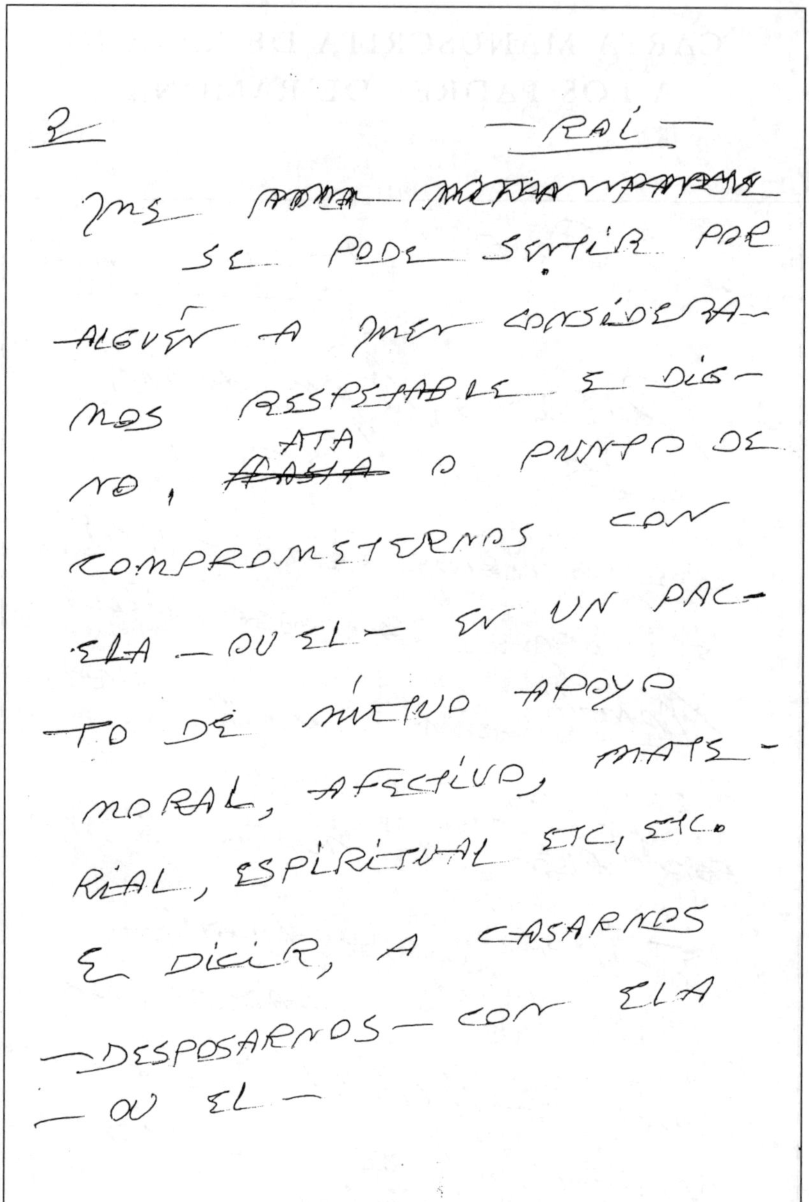

2 — RAÍ —

QUE ~~[illegible]~~ ~~[illegible]~~
SE PODE SENTIR POR
ALGUÉN A QUEN CONSIDERA-
MOS RESPETABLE E DIG-
NO, ATA ~~HASTA~~ O PUNTO DE
COMPROMETERNOS CON
ELA — OU EL — EN UN PAC-
TO DE MÚTUO APOYO
MORAL, AFECTIVO, MATE-
RIAL, ESPIRITUAL ETC, ETC.
E DICIR, A CASARNOS
— DESPOSARNOS — CON ELA
— OU EL —

3 — RAI —

¿TEMOS MONCHA . E
EU FEITO ESSE PACTO
DE MÚTUO RESPEITO E
SERVIDUME ? ¿DE AMOR ?
SÍ. E A ESSE COM-
PROMISO CHÁMASELLE SO-
CIALMENTE ESTAR CASADOS.

CLARO QUE SE SE
LEVA A CABO UN RITO
E UN CONTRATO, ÉSTE
PACTO É CONSIDERADO UN SANTO
E SAGRADO MATRIMONIO,

4 —RAI—

MENTRAS QUE SE DUAS
PERSOAS — MULLER E HOME —
— NESTE CASO —
FANSE MÚTUA COMPAÑÍA
POLO SIMPLE FEITO DE
SENTIRSE CONTENTOS
— DECIR FELICES SERÍA
DEMASIADO NO NOSO CASO —
A MIUDO
SON LINCHADOS MORAL-
MENTE, TANTO POLA
SOCIEDADE COMA POLAS
MESMAS FAMILIAS.

SEI DAS TIRANTECES
E REPROCHES QUE HOUBO

5 — RAÍ —

POR CAUSA DA RELACIÓN
AFECTIVA DE MONCHA
CON MIGO E EU CON ELA.
— TANTO POR PARTE VOSA
COMO DA MIÑA FAMILIA
— UNS POR UNS MOTIVOS E OUTROS POR OUTROS
PERO SE A ELA
LLE AGRADABA A MIÑA
COMPAÑÍA, E EU NON
PODÍA FACER OUTRA COU-
SA QUE ESTAR ONDE ESTA-
BA, SOLO QUEDABA ESPE-
RAR UNHA SOLUCIÓN
MENTRAS SEGUÍAMOS FALAN-

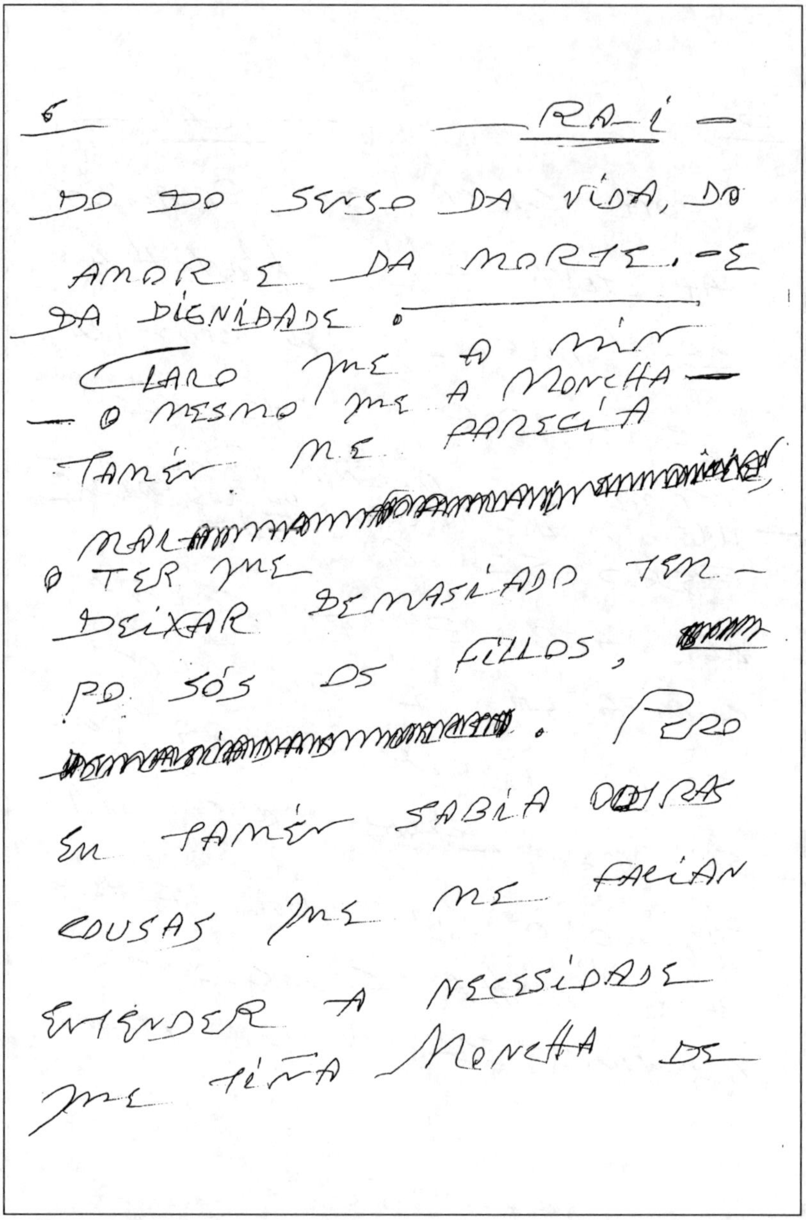
6 — RAÍ —
DO DO SENSO DA VIDA, DO
AMOR E DA MORTE. E
DA DIGNIDADE.
CLARO QUE A MIN
— O MESMO QUE A MONCHA —
TAMÉN ME PARECÍA
[illegible],
MAL [illegible]
O TER QUE DEMASIADO TEN-
DEIXAR
PO SÓS OS FILLOS, [illegible]
[illegible]. PERO
EU TAMÉN SABÍA OUTRAS
COUSAS QUE ME FACÍAN
ENTENDER A NECESIDADE
QUE TIÑA MONCHA DE

7 — RAÍ —

SENTIRSE VERDADEIRAMENTE
QUERIDA — E COMPRENDIDA —
CLARO QUE HABÍA — E
HAI — MOITAS PERSOAS QUE
A QUEREN, PERO EU — OU
O QUE EU REPRESENTASE
PARA ELA, ERA A SUA
NECESIDADE VITAL.

SÍ, PODERASE DECIR
É E A QUE VAI A
ONDA ESE SEOR SE
REALMENTE NON LLE
SIRVE PARA NADA?

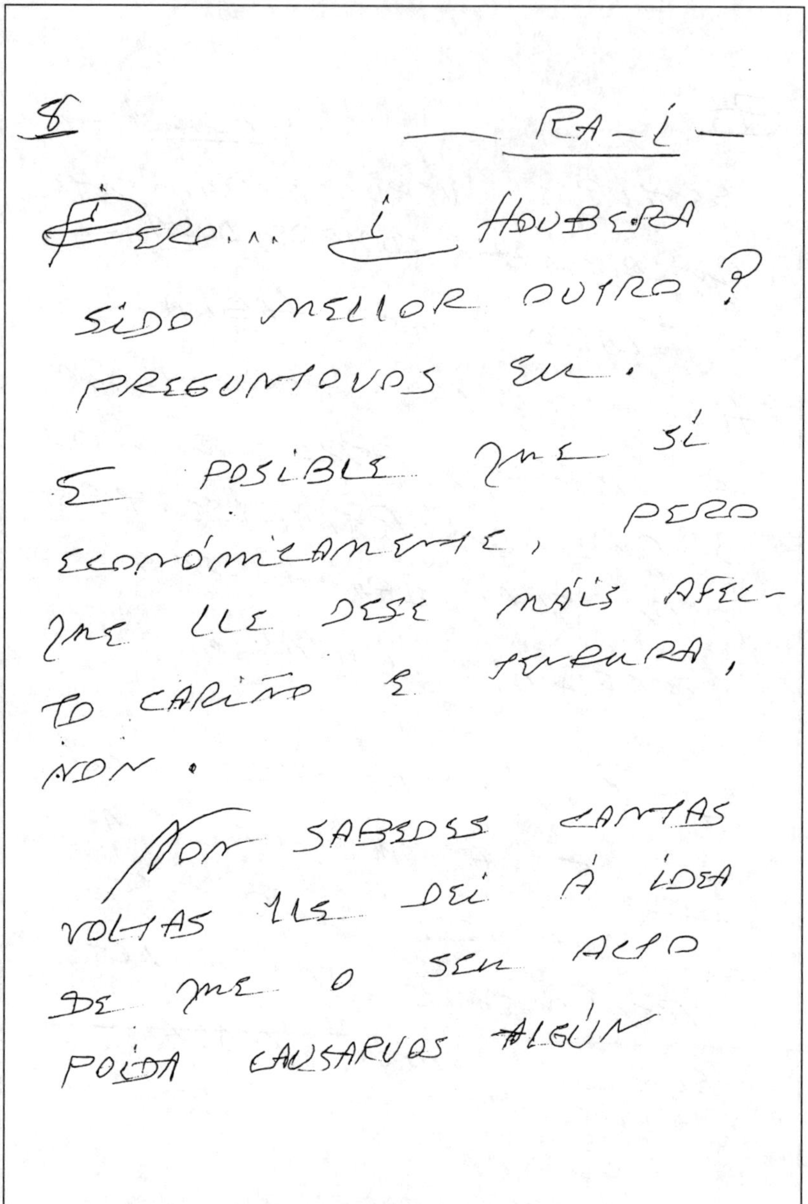

8 — RA-Í —

~~PERO~~... ¿HOUBERA SIDO MELLOR OUTRO? PREGUNTOUVOS EU.

E POSIBLE QUE SÍ ECONÓMICAMENTE, PERO QUE LLE DESE MÁIS AFEC- TO CARIÑO E TENRURA, NON.

NON SABEDES CANTAS VOLTAS LLE DEI Á IDEA DE QUE O SEU ACTO POIDA CAUSARVOS ~~ALGÚN~~

9 — RA-I —

SUFRIMENTO DEBIDO Á MA-
LEDICENCIA DAS XENTES, ASÍ
COMA DE POSIBLES ~~[illegible]~~
PERXUICIOS DERIBADOS DUN
PROCESO XUDICIAL. — E DICIR,
DUNHA VINGANZA XUDICIAL —
PERO O COMPROMISO AFEC-
TIVO É ENTRE EU E ELA.
SE NON O POIDERAS
ENTENDER, PENSADE NO
ASUNTO COMA ALGO ENTRE
UNHA ESPOSA E O SEU
MARIDO — EU ASÍ O CREO —.
NOS TAMÉN PENSAMOS

10 — PAI —

AS CONSECUENCIAS QUE
O NOSO ACTO PODE TER
— FILLOS E FAMILIA —
PROS DEMÁIS; PERO SE
PENSAMOS QUE FARÍAMO-LO
MESMO POLO FILLO, O PAI
A NAI, O IRMAN OU O
AMIGO; ASÍ COMO NOS
GUSTARÍA QUE OS DEMÁIS
NOS PRESTASEN A AXUDA
QUE DE ELES SOLICITASSE-
MOS COA FINALIDADE DE
LIBRARNOS DE SUFRIMEN-
TOS INÚTILES, A PESAR
DAS POSIBLES CONSECUENCIAS
CREEMOS QUE DEBEMOS

11 — PAI —

FACER AQUELO QUE EN
CONCENCIA DEBEMOS. — AXU-
DARNOS MUTUAMENTE —
SE O NOSO ACTO TIVE-
SE CONSECUENCIAS NEGA-
TIVAS PARA VOS OU PARA
A VOSA FAMILIA, ROGAMOS
QUE NON COMETADES O ERRO
DE CULPABILIZAR Á
VOSA FILLA SENON A
AQUELES QUE A CONDENEN
POR LIBRAR
OU CASTIGUEN
DO INFERNO O SEU MARIDO. — O MESMO
FIXO POR MIN
MANCHA
QUE EU HOUBERA FEITO
POR ELA. ISTO POR —

12

— RAMI —

DERA PARECER QUE
EU UTILICEI A ALGUÉN
QUERIDO PARA OS MEUS
PROPIOS FINS. NADA
MAIS LONXE DA MIÑA
INTENCIÓN, A VERDADE É
QUE CREO NO AMOR
MAIS QUE NA LEI. —
E A CASA FILLA — QUE
É MORALMENTE A MIÑA
ESPOSA — TAMÉN.

PODEDES REPROCHARLLE
A SÚA CONDUCTA — CON
SIDERANDOA UNHA INCONSCIENTE,

13 — RAI —

OU

SENTIRVOS ORGULLOSOS

DELA — ISO DEPENDERÁ DO

VOSO MODO DE ENTENDER

O AMOR HUMANO, E

DO RESPEITO POLAS DECISI-

ÓNS LIBREMENTE TOMADAS

POR ALGUÉN A QUEN

PARISTES. O [illegible] PODE QUE AIN

ESAS DECISIÓNS NON COINCIDAN

[illegible]

COAS QUE VOS CREEDES

CONVINTES PARA A SUA

FELICIDADE OU BEN ESTAR,

FAMILIAR E PERSOAL — AS SUAS

PERO FORON

E ESPERO QUE VOS

14 — RAÑ —

SINTADES PREGUICOSOS DELAS.
— ESPERO QUE NON SEXADES OUTROS
COM XUICES RELIXIOSOS OU POLÍTICOS POLAS
EU TEÑO MEDO
POSIBLES VINGANZAS, PERO
SE NON NOS LIBERAMOS
DOS MEDOS SEREMOS ETER-
NAMENTE ESCRAVOS DEL.

MONCHA
DICIA QUE
CUMPREU A SUA PRO-
MESA, PORQUE DENDE
O INICIO EN QUE NOS
COMPROMETEMOS AFECTI-
VAMENTE DÍXOME QUE

15 — RAUL —

ME SERVIRÍA EN TODO
CANTO DE ELA NECESSITA-
SE. O MESMO LLE
PROMETIN EU A ELA,
CLARO, ¡EN ESA SER-
VIDUME MÁIS TUA O ÚNICO XUIZ
É A NOSA CONCIENCIA DE
DOUS SERES COMPROMETI-
DOS NO AMOR!

POR DIFERENTES MO-
TIVOS, EU CHEGUEI O
LÍMITE DO HUMANAMENTE
SOPORTABLE. A MIÑA

16 — RAÚL —

ESPOSA — E FILLA VOSA — CUM-
PREN A SUA PROMESA,
¡GRACIAS POR HABERLA
PARIDO!

REPITO: SE HAI CONSE-
CUENCIAS — PERXUICIOS —
PARA A SUA FAMILIA
— FILLOS — OU PARA NAI A
VOSA E VOS, OS VERDU-
GOS RESPONSABLES SON
OUTROS, NON ELA OU
EU.

PERDOADE QUE NON
VOS DIXÉRAMOS O QUE

17 — RA-I —

PENSÁBAMOS LEVAR A
CABO, VIR O NOSO COM-
PROMISO DE MATRIMONIO.
DIR QUE HAI UN
TEMPO PARA TODO BAIXO
DO SOL. NESTE CASO,
CREEMOS QUE O TEMPO
DE COÑECER É DEMPOIS
DOS FEITOS CONSUMADOS.
¿POR QUÉ?
PORQUE OS MODOS HOU-
BESEN TRATADO DE IM-
PEDIRNOS A TODA COSTA
OBRAR EN CONCIENCIA. —

17 — RAI —

PENSÁBAMOS LEVAR A
CABO, NIN O NOSO COM-
PROMISO DE MATRIMONIO.
DIN QUE HAI UN
TEMPO PARA TODO BAIXO
DO SOL. NESTE CASO,
CREEMOS QUE O TEMPO
DE CONECER É DESPOIS
DOS FEITOS CONSUMADOS.
¿POR QUÉ?
PORQUE OS NOSOS HOU-
BESEN TRATADO DE IM-
PEDIRNOS A TODA COSTA
OBRAR EN CONCIENCIA. —